Issing Michael

Kindsein...

...ist ein hartes Leben

Ich widme dieses Buch den vier wichtigsten Frauen in meinem Leben:

Zuerst meiner Mutter, zu deren Erinnerung meine große Tochter Klara ihren Namen bekommen hat. Leider ist sie zu früh gestorben, um die beiden Hauptdarsteller dieser Geschichte erleben zu können.
„Mama,... du hättest viel Spaß mit den Beiden gehabt"

Dann natürlich meiner lieben Frau, die mir diese beiden „Wunder der Evolution" geschenkt hat.
„Danke mein Schatz, das werde ich dir nie vergessen."

Zu guter letzt dann noch die beiden Hauptdarsteller selbst,
ohne die wohl mein Leben nicht ganz so aufregend wäre wie es ist.
„Macht weiter so Mädels, dann werde ich nie alt."

Prolog:

Es begann mit einer fixen Idee meinerseits.

Ich wollte meiner Frau ein Geburtstagsgeschenk der besonderen Art machen. Sie lag mir ständig in den Ohren (was an sich nichts aussergewöhnliches ist), ich solle doch Notizen über die Lebensgeschichte unserer ersten Tochter Klara aufschreiben, um sie der Nachwelt zu hinterlassen.

Was sie sagt ist mir Befehl und so setzte ich mich hin und dachte über die Erlebnisse mit unserer Tochter nach ... und was soll ich sagen... es kam mehr raus als ich dachte. Zwei enorm wichtige Faktoren für die doch stattliche Dicke des Buches ist dann nicht nur die Entwicklung, dass es nicht nur bei der einen Tochter blieb, sondern auch die Tatsache, dass die beiden... wie soll ich es ausdrücken... etwas lebhafterer Natur sind. Ach sch... drauf: Es sind zwei Teufel im Engelskostüm, die es sich zum Ziel gesetzt haben ihren Erzeugern die Langeweile auszutreiben und

Wie ihr schon seht, sollte man jetzt keinen, in erstklassigem Prosa geschriebenen, zukünftigen Weltbestseller erwarten, für den ich bald zum Literaturnobelpreis nominiert werde, sondern ich schreibe wie mir der Schnabel gewachsen ist.

Also an alle Germanistikprofessoren, Deutschlehrer, Schriftsteller, Nobelpreisträger und vor allem alle Besserwisser: Schaltet den Teil eurer Gehirnzellen aus, die für korrektes Deutsch und Grammatik zuständig sind und entspannt euch beim Lesen.

Viel Spa😊

Wir schreiben die Jahre 2000/2001

Hallo Leute,

ich heiße Klara und möchte auf den folgenden Seiten etwas über meine noch junge Lebensgeschichte erzählen. Wie alles begann kann ich auch nicht so genau sagen. Es gibt da verschiedene Theorien. Einmal heißt es ich sei von einem Storch gebracht worden, ein anderes Mal wird von Bienen und Blumen erzählt, doch die abenteuerlichste Theorie ist die vom Austausch von Körperflüssigkeiten. Die Erwachsenen meinen, sie können uns alles erzählen! Ich bin zwar klein und jung, aber nicht doof! Auf jeden Fall wachte ich irgendwann - es muss so im März 2000 gewesen sein - auf. Es war urgemütlich. Schön dunkel, warm und kuschelig. Ich musste mich um nichts selbst kümmern. Essen gab es reichlich, Platz war auch genug (ich war ja noch ziemlich klein), und ich konnte schlafen wann ich wollte; nicht wie jetzt, wenn Mama und Papa es wollen. Aber davon erzähle ich später.

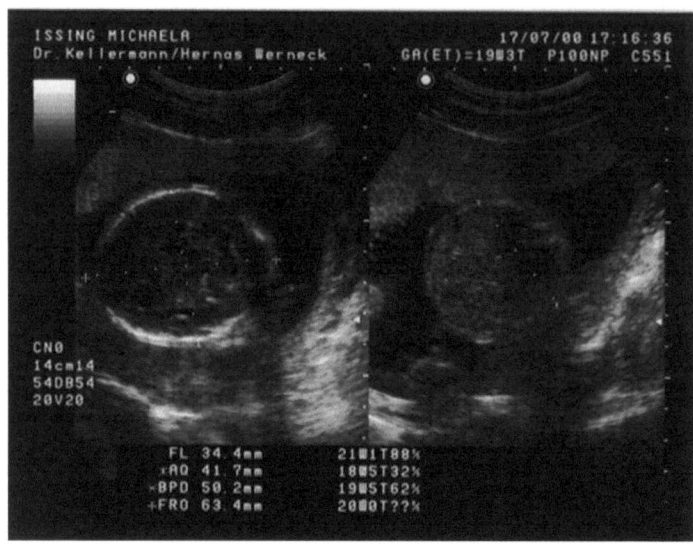

ISSING MICHAELA   17/07/00 17:16:36
Dr.Kellermann/Hernas Werneck   GA(ET)=19█3T P100NP C551

CN0
14cm14
54D854
20V20

FL 34.4mm   21█1T88%
xAO 41.7mm   18█5T32%
*BPD 50.2mm   19█5T62%
+FRO 63.4mm   20█0T??%

Das soll ich sein?!!!!????

Es war wirklich eine schöne Zeit. Ich wusste zwar nicht wo ich war, aber es interessierte mich auch wenig.

Und so verging die Zeit.

Ich hörte oft Geräusche, die durch die „Wand", die mich umgab, zu mir vordrangen. Stimmen, die sich unterhielten oder auch mit mir sprachen. Jeden Tag zur gleichen Zeit, hörte ich eine Melodie. Am Anfang war es noch ganz lustig, aber ja öfter ich sie hörte umso langweiliger und einschläfernder wurde sie. Aber ich konnte mich nicht dagegen wehren. Irgendwann war ich der Melodie so überdrüssig, dass ich ihr nur noch dadurch entweichen konnte, indem ich einschlief. Ich habe den Verdacht, dass es ein gemeiner Schlachtplan meiner Eltern war, denn diese Melodie verfolgt mich bis heute -; Jedes mal wenn ich schlafen soll, wird an meinem Kuschelteddy eine Schnur aufgezogen, und wie aus Geisterhand ertönt die Melodie. Eine ähnliche (ich glaube es soll die gleiche sein?!) Melodie singt mir meine Mama (manchmal auch Papa, aber das klingt grauenvoll und ich honoriere es mit lautem Missmut) auch vor dem „großen Schlafen im Dunkeln" (*Anmerkung des Autors: Nachts!*) vor. Mama verfällt dann in die Babysprache und singt „La Le Lu...". Zurück zum Thema. Ich erlebte schon einige Sachen in meiner mobilen Behausung. 1-2 x die Woche wurde ich richtig durchgeschüttelt. Es lief laute Musik und alles um mich herum wackelte und hoppelte. Dann wieder hörte ich laute Schreie wie: „Wollt ihr noch mehr? Könnt ihr noch?,..." und in einem Chor kam dann als Antwort das Geschrei von schwitzenden, nach Luft ringenden Frauen: „Yeah!!!".

Warum müssen Weiber immer so schreien? Hoffentlich werde ich mal nicht so. Ich lernte also schon von Anfang an den Schönheitswahn der Frauen kennen: Schlank durch Aerobic.

Einmal war ich sogar schon auf einem Rockkonzert. Ich dachte noch, als ich Mama und Papa darüber reden hörte, dass sie mir das doch wohl nicht antun werden, aber sie taten es. Ich sah mich schon mit Gehörschäden auf die Welt kommen, aber ich wurde positiv überrascht. Wie ich es später (als Teeny) einmal ausdrücken werde: „Es war oberaffengeil". Ich hatte mich in diesem Moment dazu entschieden, in die Fußstapfen meines Daddys zu treten und Scorpionsfan zu werden. Ich saß also voller Spannung da in meiner mobilen Behausung und spürte wie es mir eiskalt den Rücken herunterlief. Es war das Scorpionskonzert auf der Expo 2000 in Hannover, zusammen mit den Berliner Philharmonikern.

Born to rock

Und so vergingen Wochen und Monate und langsam aber sicher wurde mir meine Behausung etwas zu eng. Ich konnte mich kaum noch ausstrecken ohne gleich irgendwo eine Delle zu hinterlassen. Gegen Ende dieser „Wohnzeit" ist es schon eine ganz schöne Zumutung für so ein junges Leben. Ich wollte nur noch raus.

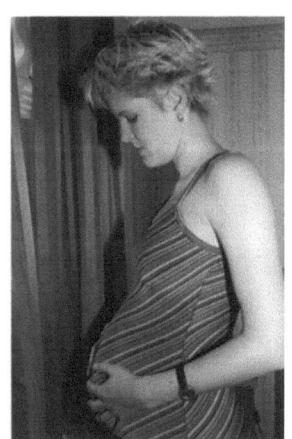

„Ich platze gleich !!!!!!!!"

10

Aber so einfach wollte ich es denen da draußen auch nicht machen. Sie sollten merken, dass man das mit mir nicht so leicht machen kann. Also verursachte ich eines Abends erst einmal einen Fehlalarm. Ich drückte also mal ganz kräftig auf die Stelle wo ich den Ausgang vermutete. Das gewollte Ergebnis ließ nicht lange auf sich warten. Wir fuhren in die Klinik. Nach ein paar Stunden und mehreren Kotzgängen von Mama (das war nicht meine Absicht, ehrlich), dachte ich mir: „Was du heute kannst besorgen, das ver-
schiebe doch auf morgen!"

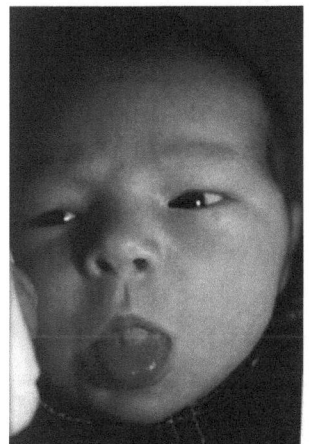

„Ätsch, ausgeschmiert!"

Also wieder Heim und am Abend das gleiche Spielchen noch Mal. Nur diesmal hatte ich mich über- und die da draußen unterschätzt. Der Drang nach Freiheit überkam mich gewaltig. Außerdem half ein älterer Herr mit weißem Kittel (*Anmerkung des Autors: der Gynäkologe*) tatkräftig nach. Er drückte so fest von oben auf Mamas Bauch, dass ich mich einfach nicht mehr halten konnte. Ich wollte ja auch gar nicht mehr. Ich wollte endlich die Gesichter zu diesen Stimmen kennen lernen. Also raus hier dachte ich noch und sah auch schon das Licht am Ende des Tunnels. Eine hilfreiche Hand (*Anmerkung des Autors: die Hebamme*) hatte auch schon meinen Kopf gepackt........doch dann hielt mich etwas zurück. Ich dachte noch: „Jetzt will ich raus und kann aber nicht?!" Die Nabelschnur war zu kurz und zog mich, kaum war ich halb draußen, wieder rein. Ich kann Euch eins sagen: „Nie wieder gehe ich da zurück." So ein Stress in meinem jungen Leben.

Nach langem Kampf und viel Schweiß klappte es dann doch noch. Es war 9.36 Uhr am 30.11.2000. Um allen zu zeigen, dass ich so einen Scheiß nicht nochmals mitmachen werde, erhob ich gleich mal meine Stimme und protestierte aufs heftigste gegen diese Kindesmisshandlung. Als nächstes hörte ich dann vertraute Stimmen: „Ist sie nicht süß". Trotz des ganzen Schmalzes war das ein interessanter Augenblick, denn ich bekam zum ersten Mal das Gesicht der Frau zu sehen, die für 9 Monate mein „Wohnmobil" gewesen war. Ich war sehr positiv überrascht. Ich dachte gleich, so schön möchte ich auch mal werden. Dann suchte ich die andere Hälfte, meinen Erzeuger, und wurde gleich fündig. Ein Häufchen Elend auf einem kleinen Hocker in der Ecke. Blass, zitternd und mit Tränen in den Augen. Ich dachte: „Hey, Jammerlappen, haben sie Dich gerade durch diese enge „Röhre" gequetscht oder mich? Ein richtiger Mann heult nicht."

„Boah sind wir fertig!"

Meine Gedanken wurden jäh und auf die brutalste Art unterbrochen, denn mein Lebenskabel (*Anmerkung des Autors: Die Nabelschnur*) zu Mama wurde gekappt. „Klasse, jetzt musst du ver-
hungern," schoss es mir durch den Kopf. Doch diese Sorgen wurden gleich wieder verbannt, denn ich erblickte „Sie": 2 wohlgeformte Hügel unterhalb des noch verschwitzten Kopfes meiner Mama. Instinktiv wusste ich: „Da gibt es Essen!" Als ob es die Hebamme gehört hätte, legte sie mich genau zwischen diese beiden „Wonneproppen" und schon war ich angedockt. Was kann es Schöneres geben. Ich entspannte sofort und vor lauter Relaxen passierte es dann: Ich entleerte meinen Darm auf Mamas Bauch. Oops...wie peinlich. „Aber na ja, Hauptsache nicht verhungern," dachte ich und nuckelte weiter. Nachdem ich den kleinen Hunger gestillt hatte, durfte mich Papa noch waschen. Anfangs noch etwas unbeholfen, aber ich war mir jetzt schon sicher, dass wir das auch noch gebacken bekämen. Anschließend wurde mein Kampfgewicht festgestellt: Stattliche 3610

g bei 53 cm purer Energie. Wenn das nicht ideale Modelmaße sind, sollte das Schönheitsbild des perfekten Babys neu erstellt werden. Ihr werdet jetzt schon feststellen, dass ich vor Selbstbewusstsein strotze, aber ich kann nur versprechen, dass das noch besser wird!
In der Wanne fasste ich sofort einen Beschluss fürs Leben: Ich liebe Wasser!!
Alles drehte sich nur um mich und das gefiel mir und es etablierte (weiß auch nicht wo ich das Wort her habe, aber klingt geil, oder?) sich eine wichtige und grundlegende Regel für mein weiteres Dasein:

<u>Ich bin hier der Chef !!!!!!!!!!!!!!!!!!!!!!!!!!!!!!!!!!!!!!!</u>

Die ersten Tage in der Klinik waren der Horror! Eigentlich wollte ich nur meine Ruhe und mich vom Stress meiner Niederkunft erholen. Aber irgendwie können sich die Erwachsenen anscheinend nicht mehr an die Anstrengungen ihrer Geburt erinnern, denn ständig, wenn ich aufwachte, oder besser gesagt vom dauernden: „Ach ist die süß und klein....schau mal die kleinen Händchen, Füßchen, Öhrchen... (dachten die vielleicht ich komme mit Bratpfannenhänden, Flossen und Schlappohren zur Welt?) geweckt wurde, sah ich jemand anderes 3 cm vor meiner Nase gaffend. Die ersten Male bekam ich immer einen Schock und ich hatte schon Angst ein lebenslanges Trauma zu bekommen. Aber man gewöhnt sich an alles. Ab diesem Zeitpunkt begann auch das lästige: „Wem sieht sie denn ähnlich?" Mir ist das eigentlich Schnuppe, weil irgendwie Mama und Papa ganz passabel ausschauen, aber für meine Umwelt ist es anscheinend die weltbewegendste Frage. Es stellte sich offensichtlich heraus, dass ich nach Mama komme.

Untergebracht war ich in einer Art „Aquarium" ohne Wasser auf 4 Rädern. Vorn hing ein Schild mit meinem Namen und meinen Maßen. Ich kam mir vor wie im Zoo, es fehlte nur das Schild „Füttern verboten".

Ich hatte resigniert (noch so ein Wort??) und ließ alles über mich ergehen. Zum Schreien war ich noch zu fertig (das sollte sich aber noch ändern, denn ich lud nur meinen Akku nach) und es änderte auch nichts wenn ich schrie - im Gegenteil, ich wurde nur noch mehr durchgeschüttelt und getätschelt. Wie soll man da schlafen? Ein Teufelskreis!!!!!!!

Es gab aber auch positive Seiten in der Klinik. Wenn ich aufwachte und Hunger hatte, brauchte ich nur kurz meine Stimme zu erheben und schon kam eine nette Schwester und rollte mich in meinem „gläsernen Auto" zu Mama und der Milchbar. An diesen „Drive-in-Service" hätte ich mich gewöhnen können.

Auf jeden Fall bekam ich endlich die ganze „Pracht" meiner Verwandtschaft zu Gesicht. Es ist wohl an der Zeit euch ein paar davon vorzustellen. Schon nach kurzer Zeit hatte ich den Überblick über meine Tanten, Onkels, Cousins und Cousinen verloren. Es muss auf jeden Fall ein ganzes Nest voll sein. Ich versuche mal die einzelnen Clans und Familien kurz vorzustellen.

Da sind die Hartmanns aus Schwanfeld. Tante Rita und Onkel Ludwig mit den zwei Kleinen, Cousin Tobi (auch Bobbele) genannt und Cousine Sandi. Klein kann man sie nicht mehr nennen. Sie zählen schon zum Kreis der „Älteren". Das gilt auch für Cousin Rainer, mit dem ich ganz sicher mal zu einem Spiel der Bayern gehe, wenn ich größer bin. Zu ihm gehört die Tante Walli, die ich eigentlich nur unter Stress kenne, aber wenn sie mal Zeit für mich hat, bekomme ich immer was leckeres zu Essen oder Geschenke. Sie könnte viel öfter zu Besuch kommen! Weiter geht's mit dem Issingsnest aus Erbshausen. Wenn die Cousinen Lena und Lisa zu Besuch kommen, ist es immer lustig. Die spielen immer so toll mit mir und tragen mich herum. Dazu müssten, wenn ich mich nicht täusche, Tante Birgitt und Onkel Linus oder Hermann oder was weiß ich wie der jetzt genau heißt, gehören.
Dann sind da noch die Issings aus Schraudenbach. Cousin Jonas und Cousine Selina sind schon eher meine Kragenweite. Über Jonas kann ich so schön drüberkrabbeln. Er motzt nicht und bleibt immer schön ruhig liegen. Von Selina bekomme ich immer kleine Küsschen und werde gedrückt. Ihre Eltern sind Tante Katja und Onkel Hans.
Last but not least (jetzt seid ihr baff....ich kann sogar schon englisch) gibt's da noch die Kochs aus Ittenbach. Tante Lissy, Onkel Thomas, Cousin Maxi und Cousine Marie-Lou. Bei denen habe ich schon 2x übernachten dürfen, als wir zu Besuch bei ihnen waren.

Ich denke, jetzt habe ich grob den Issingsclan vorgestellt.

Bei Mamafamilie ist das alles ein wenig übersichtlicher. Da ist die Tante Tamy, die auch gleichzeitig die große Ehre besitzt meine Patin zu sein. Eine ausgeflippte Maus. Ich denke, wir werden mal viel Spaß haben, wenn wir mal zusammen in die Disco gehen und Männer aufreißen. Keinen blassen Schimmer was das heißt, aber klingt cool, oder?

Da sind dann noch Tante Rosi und Onkel Wolfgang, mit denen ich viel Spaß habe, weil sie sich für mich immer total zum Affen machen. Ich könnte mich jedes Mal wegschmeißen vor Lachen. Das gilt auch für Oma Doris und Opa Peter. Die machen auch ständig Quatsch mit mir. Am liebsten sitze ich auf Opas Rücken und er reitet mit mir unter frenetischer (???) Anfeuerung (Hoppa, Hoppa....) quer durch die Wohnung. Ihre große Ehre besteht oft darin, dass sie abends auf mich aufpassen dürfen, wenn Papa und Mama mal weggehen.

Nicht zu vergessen ist da noch die Tick-Tack (Ur) Oma. In deren Wohnung kann man tolle Dinge anstellen (z.B. Sachen herunterschmeißen, alles mit Schuhcreme beschmieren...).

So, ich hoffe ich hab niemand vergessen. Könnte ja schon mal vorkommen bei der Anhäufung von Verwanden und einem so kleinen Kopf. Obwohl behauptet wird (von Papa), dass ich die Intelligenz von Papa hätte. Na, schau mer mal!

Endlich kam der Zeitpunkt der Heimkehr aus dem Krankenhaus. Ich war so gut eingewickelt, dass ich kaum aus meinen Augenschlitzen sehen konnte. Ich war auf jede Enttäuschung vorbereitet, doch ich wurde positiv überrascht. Es übertraf meine kühnsten Träume. Ich hatte Bedenken, weil ich bei der Auswahl meines Zuhauses ganz auf den Geschmack meiner Eltern angewiesen war und man ja schon viele abenteuerliche Geschichten darüber gehört hatte, was manche Eltern ihren Kindern antun. Doch mal von vorn...- Das erste was ich sah, war der Traum jedes Mädchens: Pferde!!!!! Mein Opa ist allen Ernstes Besitzer einer Lipizzanerzucht (Anm. des Autors für Nichtwissende: Lipizzaner sind Pferde). Ich sah mich schon im Traum auf einem weißen Lipizz
aner, oder wie die Viecher heißen in den Sonnen-untergang reiten, doch dieser Traum wurde jäh unterbrochen.

„I bin a bayerisches Cowgirl"

Eine schlabbernde Riesenzunge leckte mir quer durchs Gesicht. Ich blickte auf und schaute in das riesige Maul eines Hundes, unseres Hundes Gicco. Er hatte irren Mundgeruch und sabberte ohne Ende. Ich werde wohl nie verstehen, warum ich beim Essen immer einen Latz tragen muss und er nicht.

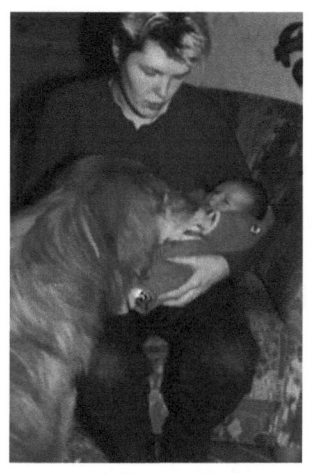

„Iiiiiiiiiihhhhhh, die Rache ist mein"

Auf jeden Fall schwor ich Rache für diese nasse Begrüßung. Zu diesem Zeitpunkt hatte er noch einen Vorteil auf seiner Seite. Er war unglaublich mobil und ich war unglaublich unbeweglich. Ich nahm mir aber ganz fest vor, daran zu arbeiten.

Vor der Wohnung hing ein riesiges Transparent mit der Aufschrift: „Herzlich Willkommen". Anscheinend hatten sie mich schon sehnsüchtig erwartet.

Auch bei der architektonischen Einrichtung meiner Behausung konnte ich nicht meckern. Sehr stilvoll aber dennoch nicht zu aufdringlich. Ein Hauch von kindlicher Atmosphäre (kleine Elefanten als Tapetenborde), aber nicht zu kitschig. Es gefiel mir sofort, und beschloss nicht zu bald auszuziehen.

Die ersten Tage im neuen Zuhause verliefen ohne besondere Vorkommnisse. Ich lernte weitere Freunde und Verwandte kennen, die mir mit Geschenken huldigten. Ich durfte fast jedes Mal, wenn ich aus meinem Schlaf erwachte, egal ob hell oder dunkel (ich hatte das mit dem Tag und Nacht noch nicht ganz gerafft) die „Milchbar" benutzen. Wir gingen jeden Tag in meinem komfortablen Kinderwagen mit Gicco spazieren. Ich merkte sofort, dass er mir an Intelligenz unterlegen war. Ich würde mich nie so erniedrigen und eine halbe Stunde lange einem Ball hinterherlaufen, um ihn Frauchen zu bringen, die ihn dann eh wieder in die Prärie schießt. Doofes Viech. Ich wusste, die Rache war mein, es fehlte nur ein Plan und mehr Zeit, an meiner Fortbewegungsart zu feilen. Im Moment lag ich nur da und starrte an die Decke. Doch mein erstes Erfolgserlebnis ließ nicht lange auf sich warten. Ich dachte mir, irgendwie muss die Verbindung von meinem Kopf zu meinem Körper, die unheimlich beweglich schien, auch einen tieferen Sinn haben. Nach ca. 2 Tagen hatte ich es kapiert. Man konnte, wenn man sich anstrengte aus der starren Rückenlage den Kopf nach oben heben und es ermöglichte einen völlig anderen Blickwinkel. Ich war irre stolz auf mich.

Ein anderes Problem nervte mich auch ohne Ende: „Wie war eigentlich mein Name"? Ich wurde jedes Mal anders genannt. Angst hatte ich vor Mopsi-Hopsi, Schnecke (der passte zwar im Moment, aber das sollte sich auch noch ändern), Schlechte (das passte immer!!!!!) oder Stinker (das passte auch sehr oft, wenn ihr wisst was ich meine ;) !!!!!), denn dann hätte ich ein Problem. Es zeigte sich aber, dass ich einen wunderschönen Namen hatte, nämlich *Klara !!!!!!*

Der Name gefiel mir besonders, als ich erfuhr, dass ich in Gedenken an meine verstorbene Oma so genannte wurde. Sie muss eine tolle Frau gewesen sein. Es hieß immer, dass sie sich bestimmt gefreut hätte, wenn sie mich kennen gelernt hätte. Sie soll auch eine schützende Hand vom Himmel aus auf mich halten. Ich habe also einen Schutzengel. Von jetzt an trage ich meinen Namen mit Stolz.

Und so verging Tag für Tag. Es war nicht gerade ein aufregendes Leben. Schlafen. Trinken. Spazieren gehen. Doch irgendwie lief alles auf einen besonderen Tag hinaus. Mami schmückte alles richtig feierlich. Ständig fiel das Wort Weihnachten. Ich konnte gar nichts damit anfangen und es interessierte mich auch nicht. Ich war zu sehr damit beschäftigt mich an den komischen Hell-Dunkel-Rhythmus zu gewöhnen. Immer wieder wachte ich im Dunkeln auf und konnte nicht mehr einschlafen. Und bevor ich da so teilnahmslos an die Decke starrte, hob ich doch lieber kurz meine Stimme und schon kam jemand gerannt, brachte mich zur Milchbar und so nuckelte ich

mich wieder in den Schlaf. Paradiesisch!!!!!! Mein
Interesse an diesem Weihnachten wurde aber sehr bald
geweckt. Es fiel nämlich das Wort *Geschenke*. Plötzlich
konnte ich es gar nicht mehr erwarten. Was werde ich
wohl bekommen? Ein Pony, ein Fahrrad oder doch ne
Stereoanlage? Es kam wie es kommen musste. Es wurde
erst zu Abend gegessen. Nicht die wichtigen Geschenke
kamen zu erst, nein, das Essen. Wie aufregend. Ich
durfte als jüngstes Mitglied der Familie als erster
auspacken. Ehre wem Ehre gebührt. Doch der Schock
war hart. Ich bekam zu erst einen Hochstuhl. Ihr habt
richtig gelesen. Einen Hochstuhl. Angeblich der Beste den
es gibt. Wurst egal!!!!! Ein weiteres Utensil um mich in
meinem Bewegungsdrang zu bändigen. Mich grauste es
schon davor, einge-
pfercht in diesem hölzernen Gestell meine erste Mahlzeit
einnehmen zu dürfen. Ich hasste ihn sofort. Dazu kamen
Unmengen an Klamotten. Eine Lampe, die nicht einmal hell
genug ist, um etwas zu sehen. Ich verstand nie den Sinn
darin. Wieso kauft man eine Lampe, die nicht einmal hell
genug ist zum lesen. Alle sagten es sei eine
Schlummerlampe. Unnützes Teil! Doch die Krönung war ein
Buch über Kinderkrankheiten. Wer kommt auf die Idee,
einem nicht einmal einen Monat alten Baby ein Buch ohne
Bilder zu schenken! Als ob meine Eltern nicht schon genug
mit den angeblichen und bekannten Krankheiten zu tun
hatten, nein, jetzt hatten sie auch noch schwarz auf
weiß, was ich noch alles haben oder bekommen könnte.
Tolle Aussichten für die Zukunft. Doch damit nicht

genug. Ich bin zwar ein kleines Genie (oder will es mal werden), aber ein Abo einer Elternzeitschrift setzte dem Ganzen noch die Krone auf. Meine Mami frisst diese Artikel so genannter Psychologen regelrecht. Hinterher ist sie zwar meistens auch nicht schlauer, aber es ist wohl beruhigend, die Meinung (die meistens auch noch von Zeitschrift zu Zeitschrift gegenteilig ist) von „Gelehrten" zu kennen. Da werden Theorien aufgestellt, die richtiggehend abenteuerlich sind. Ein Beispiel gefällig: Das altbekannte Thema des „Nachts Durchschlafens". Eigentlich bin ich in dieser Hinsicht ja ein braves Mädchen. Mit 6 Wochen schlief ich schon von 23.00 Uhr – 4.00 Uhr. Ab der 7. Woche von 22.00 Uhr – 5.00 Uhr und ab dem 3.Monat von 20.00 Uhr – 04.00 Uhr. Kann man nicht meckern sagt ihr? Tja, wie man's sieht. Meine Eltern waren anscheinend vor mir ziemliche Langschläfer. Doch diese Gene müssen wohl irgendwo bei meiner Zeugung auf der Strecke geblieben sein. Wenn ich aufwache, bin ich topfit. Mami und Papi wagten dann doch mal, wie in einem schlauen Buch empfohlen, die „10 Minuten-Warten-Taktik". Die sah so aus: Wenn ich nachts aufwache und schreie, werde ich kurz beruhigt und dann wieder allein gelassen. Die nächste „Beruhigungseinheit" bekomme ich dann erst wieder nach genau 10 Minuten brüllen. Nach der Theorie müsste ich dann irgendwann merken, dass Brüllen nichts bringt. Schön und gut, aber sie hatten den Plan ohne mich gemacht. Wenn nun mal mein „Ausdauerseil" stärker ist als deren „Geduldsfaden" (ich hoffe ihr rafft das

Wortspiel: Seil --- Faden) hilft die beste Theorie nichts. Am Ende half doch nur die Öffnung der Milchbar. „Spiel, Satz und Sieg Klara", kann ich da nur sagen.

Mein erstes Sylvester war auch ein Triumph für mich. Ich hörte die beiden „Alten" schon Tage zuvor einen Plan aushecken, um in Ruhe das Millennium zu feiern. Sie wollten bei der Tante Wallie wie immer so gegen 22.00 Uhr das letzte mal die Milchbar öffnen um mich dann ins große Bett zu legen. Mit dem Babyphon (das ist so eine Art Telefon für Babys, nur dass man nur zu schreien braucht um jemanden zu sprechen) bewaffnet, wollten sie dann das Feuerwerk von der Straße aus betrachten. Bis 23.50 Uhr ließ ich ihren Plan auch zu, aber dann erhob ich meine zarte Stimme, um zu zeigen, dass das Millennium nicht ohne mich beginnen kann. Papa war ganz aufgeregt und versuchte mich wieder in den Schlaf zu schaukeln, doch ich zeigte, dass man in Zukunft solche Pläne nicht ohne mich machen sollte. Also wurde ich fest eingepackt und erlebte den Beginn des neuen Millenniums im Freien auf Papas Arm.

Ich muss zugeben, dass ich mit Mami und Papi nicht tauschen wollte. Ich konnte schon als Winzling ganz schön frech sein.

Zu meiner Verteidigung muss ich aber sagen, dass man es auch nicht leicht hat als Baby. Keiner versteht einen

(auch an diesem Manko begann ich bald zu arbeiten).
Wenn einem langweilig ist und man versucht
Aufmerksamkeit zu wecken, indem man leicht die Stimme
erhebt, kommen immer gleich die abenteuerlichsten
Erklärungen. Hier ein paar aus dem Repertoire meiner
Eltern, wenn ich nachts einfach mal nicht schlafen
konnte:
- Entwicklungsphase (wenn ich so viele Entwicklungsphasen
   durchgemacht hätte wie Mami vermutet hat, hätte ich
   mit 3 Jahren mein Abi gemacht).
- Wachstumsschub (ich bin zwar groß für mein
   Alter aber ich müsste eigentlich ein Riese sein).
- Wetterumschwung (hey, Leute, ich bin keine alte
   Oma mit Rheuma, die jeden Umschwung an ihren
   Hühneraugen spürt).
- Zähne (wie oft sie mir mitten in der Nacht in
   meinem Mund herumgefuhrwerkt haben, um viel-
   leicht etwas zu spüren, lächerlich). Ich bekam
   meinen ersten Zahn mit 8 ½ Monaten. Sie
   schoben mir schon mit 4 Monaten den Finger in
   den Mund um etwas zu ertasten.
- Krankheiten (meinen ersten Schnupfen hatte ich
   Papi zu verdanken. Bei ihm steckte ich mich an.
   Ich war 4 ½ Monate. War ne reife Leistung von
   Papa).

Die Nummer des Notfalldienstes wurde auch des
Öfteren gebraucht. Einmal waren wir schon auf

dem Weg in die Praxis (es war mitten in der Nacht), weil ich schrie wie am Spieß (natürlich um Aufmerksamkeit zu erwecken). Doch als ich so gemütlich in meinem komfortablen Autositz saß und es so schön schaukelte, dachte ich mir, so ne Mütze Schlaf kann doch nicht schaden. Also fuhren wir zurück und der Notdienst wurde abbestellt.

Es gab wirklich nichts, was nicht ein Grund für meine Eltern war, dass ich schlecht schlief.

Ich merkte bald, dass es einen Zusammenhang gab zwischen meinem Verhalten und dem meiner Eltern. Wenn ich z.B. nachts schön schlief, waren sie früh auch gut drauf. Doch irgendwie ist auch das Gen des braven Mädchens verloren gegangen. Ich habe es faustdick hinter den Ohren, wie Papa es oft so trefflich formuliert. Ich stelle gern etwas an. Es juckt mich im wahrsten Sinne des Wortes oft unter den Fingernägeln, wenn wieder eine neue Schlechtigkeit in meinem kleinen Kopf gedeiht. Es fing mit so Kleinigkeiten an wie: „Bei einem Bäuerchen, das normal trocken abläuft, dann doch etwas (etwas ist natürlich maßlos untertrieben), schon leicht angedautes, nach verschimmeltem Käse riechendes, über diverse Möbel, Kleidungsstücke oder Personen zu verteilen." Hierbei ist das richtige Timing das A und O. Es ist nur dann interessant, wenn es nicht erwartet wird. Sich auf ein Spucktuch zu übergeben ist nur was für Müttersöhnchen und Turnbeutelvergesser. Schön fand

ich es auch immer (im Gegensatz zu Mami), meine Mütze
vom Kopf zu reißen und quer durchs Auto zu werfen.
Auch jetzt noch verspüre ich eine magische
Anziehungskraft von verschiedenen Sachen in unserer
Wohnung. Unser Zimmerbrunnen ist eine irre Spielwiese.
Die kleinen Kügelchen (Anm. des *Autors: Hydrosteinchen*)
die darin sind, schmecken zwar nicht sonderlich gut, aber
allein zu sehen, wie meine Eltern, wie von der Tarantel
gestochen aufspringen, um sie mir wieder aus dem Mund
zu pulen, ist es schon wert. Auch Papas Computer, der
verführerisch in der Ecke unseres Esszimmers steht,
lacht mich förmlich an. Auch hier ist das Timing wichtig.
Es ist uninteressant auf einen der leuchtenden Knöpfe zu
drücken, wenn Papi nichts am Computer arbeitet. Freude
kommt erst dann auf, wenn er schon einiges erledigt hat
und es dann mit nur einem Knopfdruck in den Weiten des
Netzwerkes unwiederbringlich verschwindet. Das macht
einen wahren Könner des Metiers: „Wie bring ich meine
Eltern zur Weißglut" aus. So Kleinigkeiten wie
Tapetenabreißen, CD-Ständer ausräumen und
Fernbedienungen voll sabbern und dann verstecken, zähle
ich hier gar nicht auf. Doch meine liebste Beschäftigung
war und ist es auch noch heute, die Kunst des dezenten
Essens.
Man muss nach dem Essen an jedem Möbelstück erkennen
können, was es zu Essen gab. Richtig gut ist man dann,
wenn die Speisereste erst Tage oder Wochen später
gefunden werden. Entweder durch Zufall (wenn man mit
den Socken auf etwas Weiches tritt, obwohl man auf

dem Holzfußboden geht) oder beim Putzen unter dem Sofa. Da hilft auch der beste Hochstuhl nichts. Ich kann schon ziemlich weit werfen. Das hat auch noch einen anderen Vorteil. Es verhilft einem manchmal zu einem unerwarteten „Zwischensnack", wenn man beim Spielen in den Kügelchen des Zimmerbrunnens mal wieder ein Stück Banane findet, das man irgendwann mal dort vergraben hat.

Trotz dieser „kleinen Vergehen" darf man es sich mit seinen Erzeugern nicht zu sehr verscherzen, schließlich müssen sie einen mindestens bis zum Abi mit durchfüttern. Also muss man ihnen ab und zu mal ein „Zückerchen" bieten. Ein gern gesehenes „Präsent" ist ein Lächeln. Das merkte ich, als ich so 5 Wochen alt war. Mehr aus Zufall verzog ich mein Gesicht zu einer Grimasse, doch Mami freute sich wie ein Honigkuchenpferd. Ich merkte mir gleich die Muskeln des Gesichtes die ich dazu bewegen musste und übte fleißig. Im Moment ist dieses Lächeln in Verbindung mit einem Neigen des Kopfes so ausgereift, dass ich anstellen kann was ich will, sie zerfließen beide wie Wachs in meinen Händen, wenn ich sie so anlächle. Die Steigerung hiervon (ist nur nötig bei wirklichen Streichen) ist es, auch noch entsprechend „Mama" oder „Papa" zu säuseln.

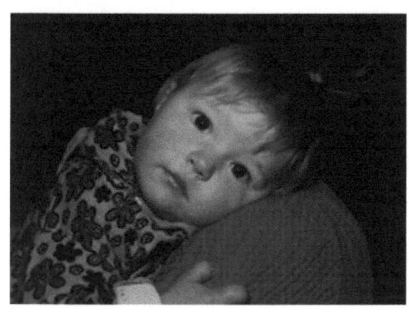

„Bin ich nicht lieb?????"

Wenn wir schon bei der Sprache sind, kann ich mich doch auch gleich mal selbst rühmen (ich bin ja so bescheiden). Früh merkte ich, dass es auch eine Zufriedenheit der Eltern bewirkt, wenn ihr Sprössling in manchen Entwicklungen anderen Kindern des gleichen Alters voraus ist. Also versuchte ich bald meine bis dahin undefinierbaren Laute denen meiner Eltern anzupassen. Das gelang mir bewusst so mit 7 ½ Monaten, als plötzlich aus einem Brabbeln „Mamam" und „Papa" wurde. Ich merkte es erst gar nicht, doch als Mama plötzlich quer durch die Wohnung schrie: „Sie hat Mama gesagt", kam es mir wie ein Geistesblitz: „Du kannst sprechen". Das war der Beginn einer großen Sprachkarriere. Es folgten ziemlich schnell „Hoppa" (das ist im Moment mein Lieblinswort; Opa ist natürlich ganz stolz darauf und eine bedeutende Dressurreiterkarriere ist schon vorprogrammiert), „Wau Wau" (eigentlich hat es Gicco nicht verdient, aber er soll auch nicht leben wie ein Hund) und natürlich „Opa" und „Oma".
Doch nicht nur mein Drang nach Artikulation (manchmal überrasche ich mich selbst) war immens, nein, auch mein Bewegungsdrang lechzte nach Freiheit. Schon bald (mit 5

Monaten) merkte ich, dass es nicht die Erfüllung meines noch so jungen Lebens sein kann den ganzen Tag auf dem Rücken zu liegen und die Decke anzustarren. Also versuchte ich immer wieder meinen Astralkörper herumzuwuchten. Aber es scheiterte meist an irgendeinem Gliedmaß, das nicht mitmachen wollte. Papa hatte Mitleid mit mir und zeigte mir in einer ruhigen Minute die richtige Technik und prompt gelang es mir, als ich auf dem Esszimmertisch lag und Mama außerhalb meines Blickwinkels bastelte. Ich wollte sehen was sie da arbeitet und rief mir Papas Technik in Erinnerung. Und als ob ich noch nie etwas anderes gemacht hätte, rollte ich auf den Bauch. Doch damit gab ich mich nicht zufrieden. Um meine Streiche zu verfeinern, und Rache für das Vollsabbern an Gicco nehmen zu können, arbeitete ich an meiner Fortbewegungstechnik. Die ersten Erfolge stellten sich mit 6 Monaten ein. Ich konnte robben.

„Robb, robb, robb........."

Doch da das eine erniedrigende Fortbewegungsart für ein Genie ist, folgte schon bald das Krabbeln mit ca. 7 Monaten. Jetzt war ich nicht mehr zu bremsen. Nichts war mehr vor mir sicher und Gicco verlor einige Fellbüschel. Die Rache war mein. Inzwischen haben wir uns arrangiert. Er sabbert mich nicht mehr so viel voll, dafür teilen wir unser Essen. Er bekommt immer etwas von mir und ich darf von seinen Hundeleckerchen probieren. Bald darauf konnte ich mich auch schon an manchen Möbelstücken hochziehen (z.B. um etwas herunterzuwerfen) und stand aufrecht da. Noch etwas wacklig, aber stolz wie Oskar. Natürlich blieb es nicht aus, dass ich mir auch meine erste Schramme zuzog. Ich hatte wieder mal etwas ausgeheckt und Schritt sofort zur Tat. Ich wollte mal wieder mit den kleinen Kügelchen im Blumentopf in der Ecke den Fußboden pflastern. Hierfür zog ich mich an unserem Zeitungsständer, einem Hund aus Pappmaschee hoch. Doch ich berechnete meinen Körperschwerpunkt falsch, und es kam wie es kommen musste. Ich fiel über den doofen Hund (das verstärkte nicht gerade meine Liebe zu den Viechern) und landete kopfüber im Blumentopf. Das Erschrecken war fast schlimmer als der Schmerz (ein Indianer kennt keinen Schmerz) und so verlor ich ein paar Tränen, wurde aber gleich von Mama getröstet und zog mir eine kleine Beule zu. Was nicht tötet härtet ab. Doch auch durch diesen schmerzhaften Zwischenfall wurde mein Enthusiasmus (diese Worte fliegen mir nur so zu) nicht gebremst. Bereits mit 10 Monaten konnte ich frei stehen und die natürliche Fortbewegungsart eines normalen Menschen, das aufrechte Gehen, gelang mir mit 10 $\frac{1}{2}$ Monaten. Es fiel mir eigentlich nicht besonders schwer. Der Grund dafür war auch bald gefunden. Ich lebe auf großem Fuß. Bei unserem ersten Schuhkauf (ich glaube das liegt in der Natur der Frau, dass Schuhe kaufen Spaß macht) stellte sich heraus, dass ich richtige Flossen habe. Schuhgröße 22 !!!!!!!!!! Papa sagt immer, entweder werde ich Basketballspielerin oder, wegen meiner Liebe zum Wasser, Schwimmerin. Bei beidem sind große Füße nicht gerade hinderlich. Meine Leidenschaft zum nassen Element wurde von meinen Eltern auch gleich gefördert. Wir gingen ab meinem 6. Monat einmal die Woche zum Babyschwimmkurs. Wie es meinem Stand entspricht, natürlich ins Hotel Dorint. Gott, war das eine Höllengaudi.

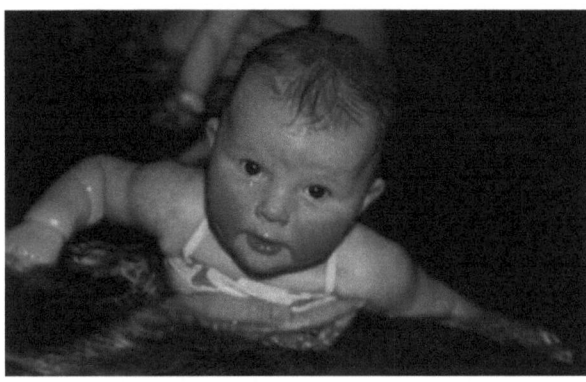

„Gold über 100 m Brust der Frauen bei der Olympiade 2018"

Wir planschten, tauchten, spritzten herum. Bald machte es mir überhaupt nichts mehr aus, dieses komisch schmeckende Wasser zu trinken. Am Ende des Kurses bekam ich mein erstes „Leistungssportabzeichen", das goldene Seepferdchen. Doch ich verspreche, dass dem noch mehr folgen werden. Olympisches Gold muss es schon noch sein. Ihr denkt jetzt bestimmt ich übertreibe, aber ihr werdet es ja noch sehen.

Die Tradition des wöchentlichen Schwimmens haben wir bis heute weitergeführt. Jetzt nehmen wir schon mit Schwimmflügelchen an einem Kurs für Ältere teil. Ich bin jetzt auch schon in einem Kinderturnkurs dabei. Kein Hindernis, das mir in den Weg gestellt wird ist mir zu hoch. Mit der Hilfe von Mama schaff ich sie alle. Meinen ersten Urlaub hab ich auch schon hinter mir.

Standesgemäß waren wir im Juni 2001 in einem pikfeinen Hotel in Österreich. Mit eigenem Pool und Saunalandschaft. Ich durfte jeden Tag ins Wasser. Richtige Wandertouren haben wir gemacht. Ich muss aber zugeben, dass ich weniger wanderte, sondern mehr im Tragetuch verweilte und mich wie King Louis tragen ließ. War das anstrengend, die Augen offen zu halten. Im Hotel hatte ich auch bald das Kommando übernommen.

Beim Essen musste mir erst mal jeder die Ehre erweisen. Wehe dem, der mich nicht gleich beachtete. Der wurde so lange dezent (durch rufen und winken) auf mich aufmerksam gemacht, bis ihm nichts mehr anderes übrig blieb. Der Herr des Hauses hatte mich auch gleich in sein Herz geschlossen. Bei jedem Abendessen durfte ich auf seinem Arm das Haus erkunden. Es war rundum ein sehr gelungener Urlaub und es wird nicht der letzte sein.

Es gibt aber nicht nur positives aus meinem jungen Leben zu erzählen. Ich hab auch schon Sachen gemacht, die zwar menschlich sind, aber die sich trotzdem für eine junge Dame nicht gehören. Aber Benehmen ist die eine Sache, Körperbeherrschung die andere. Das erste Missgeschick war bei meinem ersten Arztbesuch. Ich saß im Wartezimmer auf Papas Schoß und wir schauten ein Bilderbuch an (Habe ich schon erzählt, dass ich Bücher liebe? Literarisch und kulinarisch, wenn ihr versteht was ich meine, wenn nicht, fragt mich einfach!). Ich war so vertieft, dass ich zu spät bemerkte, dass das kleine Kitzeln in meiner Nase zu einem Vulkan anschwoll, der auch kurz darauf ausbrach. Ein riesiger Popel (ich hatte schon Angst, dass es ein Teil meiner Hirnmasse sei) flog quer durchs Zimmer und landete auf Papas Arm. Boahh war der „Dickmann". Mama wollte ihn gleich mit nach Hause nehmen um ihn als Andenken ins Fotoalbum zu kleben (ihr müsst wissen, Mama sammelt alles an Erinnerungen), doch Papa war dagegen. Warum nur? Ein anderes Mal passierte etwas bei meiner Lieblingsbeschäftigung, dem Planschen in der Wanne. Ich war so damit beschäftigt das ganze Badezimmer unter Wasser zu setzen, dass ich ganz vergaß keine meiner schicken „Klebeverschlusseinwegunterhosen" (Begriffsdefinition: Windel) anzuhaben. Es kam wie es kommen musste. Mein Schließmuskel verweigerte den Dienst und plötzlich hatte ich neben meinen gelben Quietscheentchen auch noch braune „Schwimmbojen" in der Wanne. Mama war „begeistert", ich lachte mir nen Ast.

Nicht nur meine körpereigenen Funktionen setzten manchmal aus, nein, auch meine lieben Eltern haben ihren Beitrag dazu geleistet, dass ich eventuell irgendwann psychiatrische Hilfe in Anspruch nehmen muss. Ich weiß nicht ob es eine Art von „Frisurphobie" gibt, wenn nicht, sollte sie wegen Mama entdeckt werden. Sie hat es mal gewagt mir die Haare zu schneiden. Wie soll ich es beschreiben? Sagen wir es mal so: Es ist für ein süßes, kleines Mädchen (ich meine mich) keine Freude beim Einkaufen mit Papa ständig von fremden Menschen zu hören: „Ach wie süß _er_ doch ist"! Wie ihr hoffentlich wisst, ist die richtige Bezeichnung für ein Mädchen _„sie"_. Laut Papa sah ich aus wie Prinz Eisenherz. Ich wollte aber eine Prinzessin sein. Papa ging von da an nur noch mit mir außer Haus, wenn ich mein Stirnband und mein Halstuch mit eingesticktem _„Klara"_ trug.

Doch Papa ist auch nicht viel besser. Eines Tages im Sommer wollte er mal wieder ein paar schöne Fotos von mir machen. Eigens dafür fuhren wir zur Brandwiese. Papa setzte mich auf einem alten Baumstumpf in Pose und legte los. Wenn eine Frau eine Fotolinse sieht, holt sie alles an Gestik und Mimik aus sich heraus und vergisst alles andere. Nach kurzer Zeit störte mich nur, dass mich etwas juckte. Es krabbelte am ganzen Körper. Papa wurde schon langsam ungeduldig, weil ich nicht mehr ruhig sitzen blieb. Doch der Grund war schnell gefunden. Er hatte mich mitten in einem Ameisenhaufen postiert. Mehr sag ich nicht...

„Ohh wie das juckt"

        Das Highlight meines bisherigen Lebens war mein erster Geburtstag.
Alle kamen mir zu huldigen. Alles drehte sich um mich und wie mir das gefällt, könnt ihr euch ja vorstellen. Fast hätte ich ihn vergessen, aber als ich früh aus meinem Bettchen geholt wurde, klang mir die harmonische Melodie eines wohlklingenden Duetts ins Ohr (eigentlich war es grauenvoll, aber man sieht an seinem Geburtstag über einiges hinweg). „Happy Birthday to you.......". Endlich bekam ich auch die Geschenke, die ich verdiene. Duplobausteine, fesche Klamotten und die Krönung, mein eigenes Auto. Ein knallrotes Bobbycar.

„Wer sein Bobbycar liebt, der schiebt"

Es war einfach rundum ein gelungenes Fest. Schade ist nur, dass man nur einmal im Jahr Geburtstag hat.

So Leute, ich denke jetzt habt ihr erst mal genug von mir erfahren. Mein Leben ist ja auch noch nicht so lang, doch ich denke ich werde noch genug erleben und verspreche dann, dass ich es wieder aufschreibe, also nicht verzagen, ich komm wieder keine Frage!

Wir schreiben das Jahr 2001/2002

Hallo Leute, da bin ich wieder. Ich habe, wie alle großen Schriftsteller, nur eine kleine schöpferische Pause

genossen.

In der Zwischenzeit bin ich schon 13 ½ Monate alt. Ich habe diese Pause genutzt, um mich literarisch weiterzubilden. Man muss ja wissen, was andere Autoren so verzapfen. Es ist eine große Leidenschaft von mir geworden, einige Klassiker der Weltliteratur zu studieren. Ich möchte euch jetzt einige meiner Favoriten vorstellen.

Das wohl Bekannteste, schildert sowohl eine gesellschaftliche wie auch medizinische Problematik der heutigen Gesellschaft: „Die Fresssucht". Das Buch schildert spannend den Werdegang einer kleinen Raupe mit Fresssucht in ihrer ersten Lebensphase. Es heißt:

„Die kleine Raupe Nimmersatt" von dem für mich eigentlich nobelpreiswürdigen Eric Carle.

Mein wohl beliebtester Autor ist der Italiener Pestalozzi. Von ihm habe ich mehrere Exemplare. Am meisten begeistert und gleichzeitig gefesselt, hat mich die Geschichte der kleine Fiorella. Pestalozzi schildert in seinem Buch: Fiorella und die Blumen, satirisch, aber auch gesellschaftspolitisch die romantische Geschichte des kleinen Schmetterlings, der durch sein Können auf dem Gebiet der Flora, einer Hochzeitsfeier den nötigen Glanz verleiht.

Pestalozzi schildert in seinen Büchern sowohl bildlich wie auch sprachlich leicht nachvollziehbare Zusammenhänge. Z.B. in: „Wer macht muh", den Zusammenhang zwischen Sprache und Tier.

Ich darf wohl, aufgrund meiner literarischen Bildung, nicht ohne Stolz behaupten, ein Kenner der Fauna der Welt zu sein. In den sehr anschaulich dargestellten Tierduden erkenne ich schon die Mehrzahl aller Geschöpfe und kann auch ihre Stimmen täuschend ähnlich imitieren. Z.B der Hund („Wau, Wau"), der Affe („Uh, Uh, Uh"), das Pferd (Hoppa"), die Kuh („Muh"), der Gockelhahn („Kikiriki")... Hier alle aufzuzählen, würde den Rahmen dieses Buches sprengen.

Ein kleiner Schritt zwischen Genie und Wahnsinn

Ich hab mich aber nicht nur literarisch weiter
entwickelt, nein, auch sprachlich und motorisch hat sich
einiges getan. Es geht so weit, dass meine anfänglichen
Berufswünsche (Schwimmerin oder Basketballspielerin;
wegen meiner großen Füße, die bei keiner Schuhgröße
lange halt machen) jetzt schon banal klingen. Im Moment
tendiere ich zu einem völlig anderen Berufszweig. Da ich
die Fähigkeit besitze ununterbrochen wirres Zeug ohne
Bedeutung und Zusammenhang zu labern, wäre ich doch
der ideale Politiker. Noch dazu hat mir meine Mama vor
kurzem, zum Unmut von Papa, eine neue Frisur verpassen
lassen, die der von Angela Merkel täuschend ähnlich
sieht.

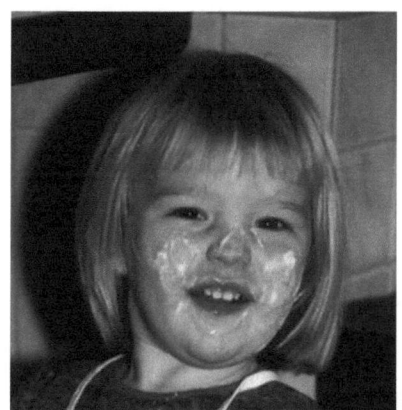

Angela Merkel beim backen!!!!!!!!!

Doch ich schweife schon wieder ab. Gehen wir zurück
zum Januar 2002. Seit diesem Zeitpunkt gehe ich mit
Mama (ab und an auch mit Papa, aber der fühlt sich
unter den vielen Mamas als unterdrückte Minderheit) zum
Kinderturnen. Ist ne richtig tolle Sache. Am Anfang
singen wir immer Kinderlieder. Interessant sind diese
Lieder, die ich nach kürzester Zeit auswendig konnte,
eigentlich nur dann, wenn ich sie dann Zuhause
durcheinander und ohne Zusammenhang vor mich hin
singen kann. Ich gönn mir mal eine Überlegung.......:
„Was verdient man eigentlich als Diva oder
Liedermacher?"
Aber zurück zum Turnen. Der eigentliche Sinn dieser
Plackerei ist die Belohnung am Ende jeder Stunde. Ein
kleines Päckchen Gummibärchen!!!! Am Anfang hielt ich
mich noch dezent zurück. Man will ja nicht gleich als
Geier abgestempelt werden, und außerdem musste die
Situation erst einmal analysiert werden. Ich hatte es

bald durchschaut. Man muss den richtigen Augenblick abpassen. Bevor die letzte Strophe des Schlussliedes: „Alle Leut' gehen jetzt nach Haus", angestimmt wird, muss man sich schon in Richtung einer bestimmten Tür begeben. Man erspart sich dann eine lange Warterei. Man darf dann natürlich nicht das obligatorische „Danke" vergessen. Wenn wir schon bei dem Thema sind, mach ich doch gleich weiter. Ziemlich schnell habe ich kapiert, manche Worte für gewisse Situationen zweckfreundlich einzusetzen. Es ist so einfach Erwachsene zu manipulieren und für sich zu gewinnen. Ein schleimiges „Bitte" mit gekonnter treudoofer Mimik kann Berge versetzen.

„Ich kann keiner Fliege Leid antun"

Auch ein „Entschuldigung" nach „getaner Arbeit" stimmt Erwachsene wieder freundlich. Das Einsetzen der richtigen Mimik bei einer Entschuldigung hab ich mit meinem grünen Stoffkrokodil ausgiebig geübt. Ich biss ihm bei meinen Übungsstunden in die Nase um mich anschließend reumütig zu entschuldigen. Ich übte mit meinem Krokodil so lange, bis ich meinen Gesichtsausdruck ausgefeilt hatte. Mama fand es so lustig, dass sie es in ihr schlaues Büchlein (hier schreibt sie alles hinein, was in meinem noch so jungen Leben so abläuft) schreiben musste. Sie kapierte den Sinn dieser Aktion nicht. Doch über dieses ominöse Büchlein muss ich noch ein paar Worte verlieren. Zum Leidwesen von Papa liegt ihm Mama ständig in den Ohren, er solle doch das Beste aus ihren literarischen Ergüssen (eigentlich sind es nur Stichpunkte) machen. Da Mama manchmal mit der deutschen Sprache auf Kriegsfuß steht (eigentlich ein Wunder, dass ich schon so gut sprechen kann; das widerlegt wohl die Theorie der Genübertragung) ist es an Papa aus ihrem unzusammenhängenden Gekritzel lyrische Literatur zu schaffen. Bin mal gespannt, wenn ich endlich lesen kann, was er da verzapft hat.

Doch nun zurück zu den Abenteuern der kleinen Klara. Ich muss ja zugeben und da werden mir Mama und Papa wohl zustimmen, dass die kleine, liebe Klara manchmal zu einem grausamen Monster mutieren kann, das nur von der Freude an Streichen, die in seinem Hirn gedeihen, lebt. Hier ein paar repräsentative Beispiele:

Ich denke, jeder von euch weiß, wie eine Kaffeemaschine funktioniert (die, die es nicht wissen, sollen dieses Kapitel überlesen; ich habe keine Lust jeden Furz zu erklären). Es war also an Vatertag. Der Termin war von mir schon so gewählt, da die Chance, dass an diesem Tag Kaffee gekocht wird wohl sehr hoch ist. Ich wollte eigentlich nur wissen, was physikalisch passiert, wenn in den Behälter für das Wasser eine andere Substanz eingefüllt wird. Gedacht getan! Ich nahm also mein Hörnchen (es kostete mich viel Überwindung mein Frühstück für die Wissenschaft zu opfern) und warf es Stück für Stück in den schon mit Wasser gefüllten Behälter. Dass ich das heimlich tat ist wohl selbstredend. Ein bisschen Spaß muss auch bei der Wissenschaft erlaubt sein. Es stellte sich heraus, dass sich Hörnchenteig zwar in Wasser löst, dass diese dickflüssige Emulsion aber nicht durch den Zulauf zum Kaffeefilter passt! Ergo: Es gab keinen Kaffee. Nun muss man dazusagen, dass meine Eltern manchmal ohne Kaffee nicht lebensfähig sind (besonders Mama nicht) und deshalb dieser, für die Wissenschaft so notwendige Versuch, in einem ziemlichen „Anschiss" endete. Was tut man nicht alles für die Forschung.

Ich denke, anhand dieses Beispiels, lässt sich schon das Potential meiner Streiche erkennen. Ich könnte natürlich noch weitere aufzählen, wie z.B. der Test, wie oft man einen Computerdrucker, innerhalb kürzester Zeit an- und ausschalten kann, bis er das Zeitliche segnet. Oder der Versuch herauszufinden, wie viele Kabel man bei einem Autoradio herausreißen kann, um dann amüsiert zu beobachten, wie technisch begabt Papa doch ist, bei dem Versuch wieder Musik aus dem Kasten zu bekommen. Ich muss zugeben, er brauchte länger zum Reparieren wie ich für das Herausreißen. Ergo: Durchgefallen!!!!!!!!!!!!

Wie hier unschwer zu erkennen ist, ist es für mich jetzt an der Zeit meinen Eltern ein großes Lob auszusprechen: Ich könnte es nicht mit mir aushalten. Ihr macht das klasse!!!!!!!!!

So, genug geschleimt, zurück zu mir.

Dass die deutsche Sprache eine der schwersten ist, ist wohl hinlänglich bekannt. Dass da einem noch nicht mal zweijährigen Mädchen manche grammatikalische Fehler unterlaufen ist wohl zu verzeihen. Beispiele gefällig? Bitte schön:

Als ich mir mal vor Müdigkeit die Augen rieb (kommt selten genug vor) fragte mich Mama was ich da mache?

Ich antwortete: „Augen putzen". Eigentlich kein Wunder, dass ich so antwortete. Mama putzt nämlich auch ständig alles und immer.

Ein weiteres Beispiel für diese Theorie? Bitte schön: Wir waren mal spazieren und kamen an einem großen Erdhaufen vorbei. Ich dachte gleich an Mamas Putzfimmel und sagte: „Mama, viel Erde; wegsaugen!" Quod erat demonstrandum (Für Nichtlateiner: „Was zu beweisen war"). Doch genug von meinen sprachlichen Entgleisungen, zurück zu freundlicheren Themen: „Urlaub".

Bergluft ist gut für Geist und Körper

Mama und Papa kamen zu meiner Verwunderung mit mir überein in ein 5-Sterne-Hotel nach Österreich zu fahren. Frei nach dem Motto: „Wer wagt gewinnt". Es wurde mir schon Wochen zuvor eingetrichtert und mit mir geübt, wie ich mich zu verhalten habe. Und ich muss zu meinem Lob gestehen, dass es sich im Rahmen hielt. Wir wurden weder beim Essen (obwohl 5 Gänge für ein nach Bewegung lechzendes Kind schon eine lange Zeit sein können) aus dem Restaurant geworfen, noch brannte das Hotel bis auf die Grundmauern nieder. Das Hotel wird auch weiterhin im Katalog den Zusatz haben: „Kinder herzlich willkommen". Es war richtig klasse, weil Mama und Papa die ganze Zeit für mich da waren. Das Hotel hatte ein eigenes Hallenbad! Ich konnte also jeden Tag meine Schwimmkünste verfeinern. Unsere Tischnachbarn und unsere Bedienung beim Abendessen hatte ich schnell um den Finger gewickelt. Die Tischnachbarn haben sich nicht einmal beschwert, obwohl ich ab und an mein Bestes gab, und die Bedienung brachte mir alles was ich wollte (auch wenn es nicht auf der Karte stand). Nach jedem Essen gab es Eis. Dann wurde noch eine Runde im Schwimmbad gedreht. Es war endlich mal eine Woche die meiner würdig war.

Jetzt habe ich auch noch die Schallmauer „zweijährig" überschritten. Ich fühle mich schon richtig alt und gebrechlich. Geht das eigentlich so weiter? Aber bevor ich dieses „Methusalemalter" erreichte, schmiss ich noch so ne richtige Party. Alle kamen und huldigten mir mit

Geschenken, wie es mir würdig ist. Ich bekam eine eigene

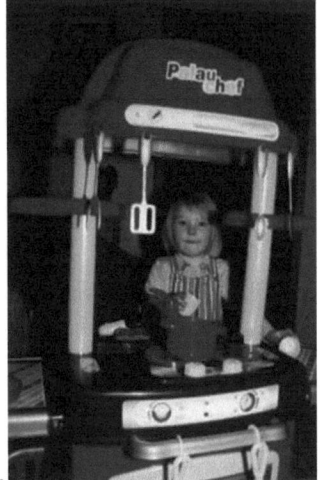

Küche.

Es reichte meinen Eltern wohl nicht, dass ich nur ihre durcheinander brachte. Gut, sie haben es nicht anders gewollt. Doch das war nicht alles. Passendes Geschirr für die Küche gehörte genauso zu den Präsenten, wie eine Puppe (ihr Name soll Pipi sein, toll nicht? Haben mir meine Eltern eingeredet. Erwachsene können richtig einfallsreich sein) und viele Bücher. Darunter waren ein Weltatlas und ein Lexikon. Endlich mal etwas, das meinem Alter und I.Q. entspricht.

Ich muss schon sagen, das war ein interessantes Jahr. Ich habe viel gelernt, entdeckt und angestellt.

So, jetzt warte ich mal ab, wo meine Entwicklung noch hinführen soll und wird. Macht euch keine Sorgen, ich komme wieder, keine Frage.

Anno 2002/2003

Und da bin ich wieder. Na, habt ihr mich vermisst?
Ich hoffe doch wohl schon.
Die Zeit vergeht wie im Flug. Wenn das so weiter geht,
muss ich mir langsam Gedanken machen, welchen Job ich
will, welches Auto ich mir (oder besser meine Eltern mir)
kaufe oder wie viel Rente ich wohl bekomme.
Es ist mal wieder ein Jahr vorbei. Ich kann euch
sagen... noch so ein Jahr und ich muss mir über meine
Rente keine großen Gedanken machen. Stress pur. Was
die Erwachsenen einem so jungen und zerbrechlichen
(Scherz!) Geschöpf alles zumuten ist schon brutal. Doch
eins nach dem anderen.

„Flower-Bauer"

Ich hatte mich schon damit abgefunden, dass mein
Zimmer wohl für ewig die Durchgangsschleuse in Mamas
und Papas Schlafzimmer bleibt. Für die, die meine
Behausung nicht kennen, muss erläutert werden, dass

mein Zimmer zwischen Wohn- und Schlafzimmer meiner
Eltern lag. Ich machte mir Sorgen, was wohl werden soll,
wenn ich mal Besuch bekäme. Wie sollte ich meinem
Freund erklären, dass es normal ist, wenn Mama oder
Papa ständig durchs Zimmer laufen. Ich sah mich schon
als ewigen Single. Das war dann wohl auch der
ausschlaggebende Punkt für meine Eltern die Zelte in
Hilpertshausen abzureißen und in die Ferne zu zeihen. Na
ja, in die Ferne ist wohl etwas übertrieben. Jedenfalls
beschlossen wir in Erbshausen ein Haus zu bauen.

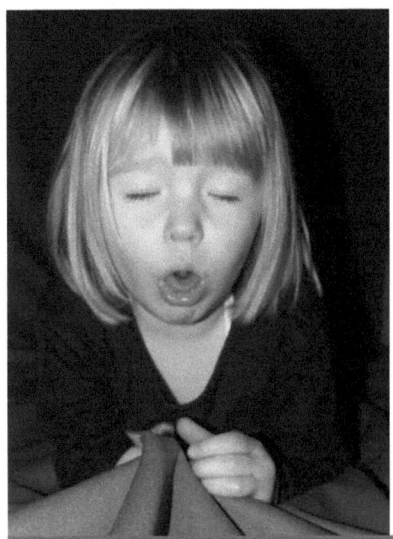

„Ich seh' uns schon am Hungertuch nagen."

Erst konnte ich mich ja gar nicht an den Gedanken
gewöhnen, Oma und Opa nicht jeden Tag ärgern zu

können, oder bei einem Anfall von Zuckermangel nicht mal schnell einen Stock tiefer die Naschvorräte zu plündern. Auch hier ist für Nichtwissende anzumerken, dass wir ein Stockwerk über Opi und Omi wohnten.

Doch die Vorfreude auf ein eigenes Zimmer überwiegte. Es ging also an die Planung. Sagen wir mal so: Ich wurde vor vollendete Tatsachen gestellt. Doch ich muss für meine Eltern mal eine Lanze brechen (ich werde diese Redewendungen der Erwachsenen nie verstehen, aber sie machen was her). Obwohl das neue Haus keinen Pool, keine Sauna und auch nur einen sehr begrenzten (leicht übertrieben) Garten hat, wurde es ganz nach meinem Geschmack.

Der Bauplatz wurde kindgerecht direkt neben meinen Freunden David und Lukas gewählt. Wir drei brauchen nicht einmal die modernen Kommunikationsmittel verwenden. Eine lautstarke akustische Verständigung von Terrasse zu Terrasse (unsere ist als solche noch nicht zu erkennen) ist jederzeit möglich. Ich denke aber auch, meine Mama war bei der Wahl des Bauplatzes (oder soll ich besser sagen:

„Kaffeekränzchenabhalteörtlichkeit")

nicht gerade uneigennützig. Er ist für alle Mitglieder von „Mamas Kaffeekränzchen-Verein" gut und leicht zu erreichen.

Mitten im Winter begann also das große Abenteuer Bau. Anfangs war es noch ganz spannend, den Baggern und Lastern zuzuschauen oder meinen gesamten Kleidervorrat Tag für Tag auf der Baustelle einzusauen, doch manchmal war es mir dann aber doch einen Tick zu frostig. Na ja, zum Glück ist Kinderarbeit in Deutschland verboten, denn sonst wäre ich wohl auch noch bei den zigtausend Helfern eingespannt gewesen. Ich half aber trotzdem wo ich konnte. Ob den frisch gelieferten Sand (schön aufgehäuft an einer Stelle) auf dem ganzen Baugebiet zu verteilen oder den angebrochenen Sack Zement im richtigen Mischungsverhältnis von Wasser und Sand auf der eigenen kleinen „Sandkastenbaustelle" zu verarbeiten oder meine Kleidung damit einzuschmieren um zu testen, wie fest Zement werden kann...

Stellenweise war es abends kein Ausziehen sondern ein „aus den Kleidern meißeln". Auf jeden Fall gab es auch für mich immer etwas zu tun. Komisch fand ich nur, dass wenn Papa ein Werkzeug suchte, er immer erst in meinem Sandkasten suchte. Ich war auf jeden Fall in meinem Element: Die Mischung von Dreck, Schmutz, Schlamm Wasser und dazu alte Klamotten war wie für mich geschaffen. Herrlich!

Eines Tages fuhr ich wie jeden Tag mit Mama zur Baustelle um nach dem Rechten zu schauen und... da stand es... unser Haus. Ich dachte erst die Heinzelmännchen hätten in der Nacht ganze Arbeit geleistet, doch den Gedanken vergaß ich schnell wieder, da Heinzelmännchen Kinderkram sind. Es war wie ein Wunder. Innerhalb von 2 Tagen konnte ich schon mein Zimmer betrachten. Mein erster Gedanke war: „Wo soll ich meinen 6türigen Kleiderschrank, meinen Fernseher, meinen Computer und meine Kuscheltiersammlung in diesem „Verschlag" unterbringen?" Doch Mama und Papa beruhigten mich und ich gab mich mit einem zusätzlichen Spielzimmer zufrieden. Außerdem kann man später ja noch anbauen.

Und so vergingen die Wochen. Es kam der Tag des Richtfestes und auch der Tag sollte mein Leben verändern. Mama, oder besser gesagt Papa (Mama war glaub ich nicht so ganz einverstanden; sie wollte mehr Fest, Feierlichkeiten und Gäste; ich schweife vom Thema ab also „in medias res"... ha, ha... hab ich von meinem Papa dem Lateingenie) beschloss mich den Richtspruch sagen zu lassen. Papa nervte den ganzen Tag und hämmerte mir richtiggehend meinen Text ein. Als ob ich

53

mir diesen Satz nicht hätte merken können. Es kam also der Moment meines Auftritts auf einem Stapel Betonsteine als Podest. Voller Hingabe sprach ich den Satz, der mein junges Leben verändern sollte:

„Mama bekommt ein Baby."

Papa hatte mich mit seinem „Rumgesülze" so verwirt, dass ich die Tragweite dieses Satzes erst kapierte, als ich ihn aussprach. Erst dachte ich: "Hä, wieso Baby bekommen, sie hat mich doch schon". Doch dann fiel es mir wie Schuppen von den Augen (auch so eine blöde Redewendung, die kein Schwein kapiert).
Ich bekomme ein Geschwisterchen!!!!!!!!!!!!!!!!!!

„Ich bin hier der Hahn im Korb"

Habt ihr eine Ahnung was das für eine Auswirkung auf ein so zerbrechliches Wesen wie mich hat.

Ich bin nicht mehr allein der Chef im Haus; ich muss die Liebe meiner Eltern (die eigentlich gerade für mich gereicht hätte) teilen; es wird eine zweite Prinzessin geben; wer bekommt das größere Zimmer (die Zimmer sind zwar gleich groß, aber das tut nichts zu Sache); die Kuhle zwischen Mama und Papa im Bett ist schon für mich fast zu klein; wie soll das Geld für ein zweites Studium in den USA reichen?.....

Hallo......... und wer denkt an mich !!!!!!!!!??????????

Hä... wer mischt sich da in meine Autobiographie ein?

Ich bin's, deine Schwester Louisa.

„Noch nicht auf der Welt und schon nervig. Du bist noch nicht dran."

O.K.

„Die nervt mich jetzt schon"

Meine finanziellen Sorgen trieben mich so weit, dass ich auf die Aussage meiner Mutter, kurz vor ihrem Mutterschutz, sie müsse nur noch 2 Tage arbeiten, antwortete: „Muss ich dann auf die Arbeit und Geld verdienen?"

Nach diesem ersten Schock befasste ich mich dann doch näher mit dem Thema: „Geschwister".

Was sind Geschwister?

- Am Anfang kleine, schreiende, schlafende und sabbernde „Würmer" mit denen man nichts anfangen kann (also Minuspunkt)
- Sie brauchen die Aufmerksamkeit von mindestens einem Elternteil; ich muss mich also mit dem anderen Teil zufrieden geben (-)
- Später kann man sie eventuell als Spielkameraden gebrauchen (+)
- Man kann sie auch als Sündenbock vorschieben wenn man etwas angestellt hat (+)
- Sie bekommen oft Spielsachen, die man selbst noch gebrauchen kann (+)

Also 2x - und 3x+ =   Es ist vielleicht doch nicht so schlecht ein Geschwisterchen zu bekommen.

Ich ließ die Sache also auf mich zukommen. Doch nicht nur die Sache kam auf mich zu, nein, auch Mamas Bauch. Ich habe nie gedacht, dass Haut so dehnbar ist.

Ich brauche nun mal auch meinen Platz.

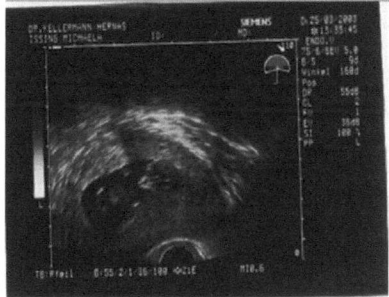

Du schon wieder. Typisch Frau: Kann einfach nicht den Mund halten. Nimm dir ein Beispiel an mir: Ich rede nur wenn es wichtig ist. Es ist zwar ziemlich viel oder besser gesagt alles wichtig, aber du weißt schon was ich meine.........

Mit dir hab ich eh noch ein Hühnchen zu rupfen! Wie kommt du auf die Idee mich „rosa Zipfelmützenbaby" nennen zu wollen.
Klasse gell, manchmal sind meine Ideen einfach unschlagbar. Ich bin manchmal selbst überrascht über meine Genialität.
Auf jeden Fall hättest du nie eine Namensgleichheit zu befürchten.

Danke!!!!!!!

Doch zurück zum Thema. Wo waren wir stehen geblieben? Ach ja, das fertige Domizil. Irgendwie konnte

57

ich mich nicht so schnell daran gewöhnen, dass die Baustelle jetzt Zuhause, und das frühere Zuhause jetzt bei Oma und Opa ist und Oma Mia jetzt in meinem Zimmer schläft und mein Zimmer jetzt auf der Baustelle ist......? Auf jeden Fall wollte ich an unserem ersten Abend auf der Baustelle... äh... sorry.... im neuen Zuhause später dann doch wieder heim... äh... zu Oma und Opa, oder so...! Die Verwirrung war groß. Aber ich muss sagen: „Geile Bude, die wir da aus dem Boden gestampft haben."
Na ja, so verging die Zeit und Mamas Bauch nahm langsam bedenkliche Formen an.

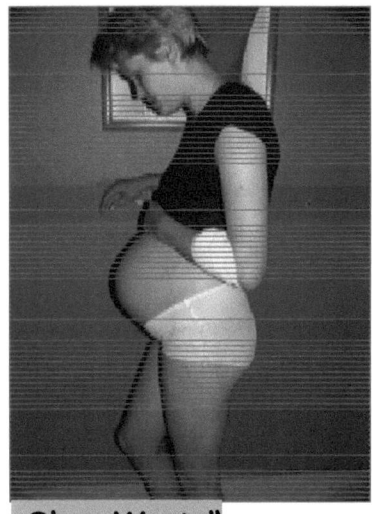

„Ohne Worte"

Bin ich jetzt dran?
Ruhe auf den billigen Plätzen!

Aber ich will jetzt auch was sagen, und außerdem ist es jetzt eh an der Zeit, dass ich auf der Bildfläche erscheine und bei meiner Geburt warst du ja nicht dabei und kannst gar nicht mitreden.

O.k., o.k., bin ja schon leise! Kommt zwar selten vor, aber man muss die Kleinen auch mal zu Wort kommen lassen.

Danke. Erst mal möchte ich mich noch bei dir bedanken für die vielen Lieder, die du mir vorgesungen hast als ich noch in Mama war. War manchmal etwas laut und schief, aber ich lauschte gerne.

Schief!!!!!!!!!!!!!!!! Du hast doch keine Ahnung von wahrer Musik! Ich habe die klassischen Hymnen wie „Schlaf Kindlein schlaf" oder „la le lu" nur etwas neu interpretiert und außerdem war es live und unplugged gesungen.

Ist ja schon gut. Auf jeden Fall wollte ich endlich mal den Rest meiner Schwester kennen lernen. Teile von dir (vor allem deine Füße) habe ich ja durch Mamas Bauchdecke schon des Öfteren zu spüren bekommen. Ich drängte also Richtung Ausgang. Es ist gar nicht so einfach im Dunkeln den Ausgang zu finden, aber ich folgte meiner Intuition.

Klugscheißer!!!!!!

Lass mich doch auch mal ein Fremdwort benutzen! Intuition, Intuition, Intuition, Intuition............
Weiter zum Thema Niederkunft: Ich hatte schon viele Horrorgeschichten über Klaras Geburt gehört, und da ich mir vorgenommen hatte ein braves Kind zu werden, wollte ich die ganze Sache so schnell wie möglich über die Bühne bringen. Ich inszenierte nur ein kleines Täuschungsmanöver am Tag davor. Doch am nächsten Tag sollte es so weit sein. Wie soll ich es ausdrücken... vielleicht so: Ich klopfte kurz an und es wurde mir schnell geöffnet.

Auch noch eine Lyrikerin...das kann ja heiter werden!!!

Auf jeden Fall ging es ziemlich schnell... fast zu schnell für mich... Ich wusste ja, dass es bei den Tieren heißt: Sie werfen ihre Kinder. Aber dass das auch bei Menschen gilt, war mir neu.
Ich folgte also dem immer heller werdenden Licht, und sah den Boden immer schneller auf mich zukommen. Ich macht mich schon mit dem Gedanken vertraut, dass ich

*meine erste Beule bekomme... da fingen mich kurz vor
dem Aufprall zwei sanfte Hände auf. Es war vollbracht.*

Boah ist das spannend!

Gell. Adrenalin pur!!!!!!!!!!!!!!!!!!!!!!

*Ich wurde dann auch gleich in die Arme meiner Mama
gelegt und ich wusste sofort, dass das mein
Lieblingsplatz werden würde. Eingebettet in diese lecker
riechenden „Wonneproppchen".*

Wonneproppchen? Dass ich nicht lache. Das waren
ausgewachsene Wonneproppen.

Auf jeden Fall war es irre kuschelig. Doch es fehlte doch
noch jemand. Wo war mein Erzeuger? Ich fand ihn nach
kurzer Suche hinter Mama sitzend. Richtig erholt sahen
die beiden aus.

Kann gar nicht sein. Bei mir sahen sie aus wie frisch
durch den Fleischwolf gedreht.

Tja, wie schon gesagt: Braves Kind.

*Dann durfte Papa meine Essenspipeline (Anm. des Autors
für Leute ohne Phantasie: Nabelschnur!) zu Mama
kappen. Das heißt nicht „durfte" sondern „musste". Ihm
wurde die Schere in die Hand gedrückt und gesagt:
„Mach mal". Er tat es, aber ich befürchtete er kotzt
mich voll. Das tat er jedoch nicht. Auch nicht, als wir
ein eingehendes Informationsgespräch mit
Anschauungsmaterial
zum Thema „Nachgeburt" von der Hebamme bekamen.
Sah irre lecker aus. Ich wusste nicht, ob es noch
schlimmer kommen kann; doch es kam schlimmer. Die
Ärztin meinte, es wäre für andere Menschenrassen eine*

Delikatesse die Nachgeburt kurz angebraten zu verspeisen........... Wo war ich da nur gelandet. Anschließend kam die entspannende Phase. Wir machten richtiges Familienkuscheln...

Moment, da fehlt aber eine...!

Also machten wir halt $\frac{3}{4}$ Familienkuscheln.

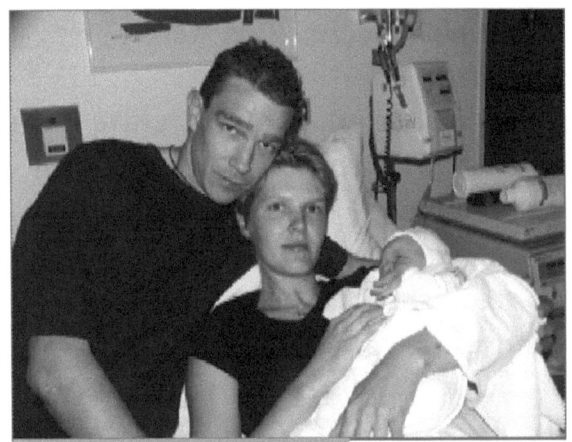

"3/4 Familienkuscheln"

Es wurden die ersten Versuche gestartet herauszufinden wem ich ähnlich sehe... Aber da sind meine Eltern eh nicht so kreativ. Es scheiterte also schon im Ansatz. Auf jeden Fall war es irre romantisch. Mama und Papa waren überhaupt nicht gestresst oder müde.

Und dann kam ich ins Spiel!

Genau. Meine Erholung reichte bis zum nächsten Tag, denn dann kamst du. Ich wusste ja, dass du Zuhause schon mit deinen Puppen geübt hattest, aber den Denksprung von Puppe auf lebendiges Wesen hattest du *noch nicht so drauf.*

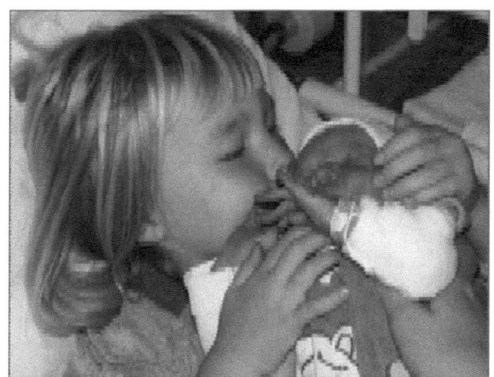

„Sumoringen für Kleine"

Ich wollte dir doch nur zeigen wie ich mich auf dich gefreut habe und wollte dich nur mal drücken und im Arm halten.

Erdrücken und im Arm zerquetschen ist vielleicht der richtige Ausdruck. Doch ich wusste ja wie es gemeint war und ich denke, es war Liebe auf den ersten Blick. Ein guter Anfang für richtige Geschwisterliebe, oder?

Ich denke auch. Wie du so verrunzelt und...

Was soll das den heißen? Ich habe eine schöne weiche Babyhaut.

Jetzt schon, aber damals sahst du aus wie ein kleiner Körper mit viel zu viel Haut drum herum. Aber du warst richtig süß, und ich war sofort irre stolz auf meine kleine Schwester. Ich denke, wir werden noch viel Freude miteinander haben.

Das denke ich auch. Nicht nur wir beide. Ich bin mir sicher, dass wir Mama und Papa schon auf Trapp halten werden.

Da musst du aber noch viel lernen. Dich hört und sieht man ja den ganzen Tag fast nicht. Du bist brav, schläfst schon durch und wenn du aufwachst, schreist du nicht, sondern liegst da und schaust.

Ich will sie ja nicht gleich am Anfang zum Wahnsinn treiben. Ich fange etwas dezenter an als du und spiele erst mal den ruhenden Pol in diesem „3-Mädel-und-1-armer-Mann-Haus". Aber sie sollen sich noch nicht so in Sicherheit wiegen. Ich werde mich noch ändern, denn ich habe in dir ja einen guten Lehrmeister.

Danke, ich tue mein Bestes.

Doch jetzt genug von dir. So lange bist du ja noch nicht da, und außer, dass du Mama ständig in ihren nicht zu übersehenden Ausschnitt kotzt, hast du ja noch nichts Großartiges angestellt.

Tja, meine Zielsicherheit wird wohl immer besser.

Es hat sich nämlich in diesem Jahr noch ein weiteres, einschneidendes Ereignis in meinem Leben abgespielt. Ich habe eine weitere Stufe in meiner Laufbahn zum Genie erklommen. Ich bin ein Kindergartenkind. Ihr habt richtig gehört, die Vorstufe zum Studium in Oxford ist genommen.

Ich weiß noch genau, wie der erste Tag war. Ich war aufgeregt und nervös. Ich wusste nicht, was auf mich zukommt. Mögen mich die Kinder? Finde ich schnell Freunde und haben die Erzieherinnen genug Nerven für

mich? Ich betrat also mit meinem „Baby Born Rucksack"
das „Spatzennest" (so heißt der Kindergarten, obwohl
„Adlerhorst" der bessere Name wäre; so harmlos wie
Spatzen sind nicht viele der Kinder, außer mir natürlich).
Ich wurde der „Sonnenblumengruppe" (auch so eine
Verharmlosung eines Raubtiergeheges) zugewiesen. Ich
betrat also das neue „Revier" und sah mich etwas um. Es
gefiel mir auf Anhieb. Sehr geschmackvoll und
kindgerecht (wen wundert's, es ist immerhin ein
Kindergarten) eingerichtet. Die Erzieherinnen Annette
(der Name passt zu ihr: jetzt kommt was für
eingefleischte Franken: „Sie is *a nette*". Wer den Gag
nicht kapiert soll Papa fragen) und Christiane waren mir
sofort sympathisch. Ich weiß jetzt auch, dass sie der
Aufgabe mich „auszubilden" voll gewachsen sind.
Anschließend nahm ich meine zukünftigen Spielkameraden
unter die Lupe... und da sah ich *IHN*!
Mittelgroß (für ein Kind), blond, strahlende Augen und
ein Lächeln, dass Eis zum Schmelzen bringt. In einem
Wort ein „Adonis" (keine Ahnung wie einer aussieht, aber
wenn, dann muss er so aussehen).
            Der „Vorschul-Lukas".
(Am Anfang dachte ich, da hätten wir Louisa auch „Rosa
Zipfelmützen-Baby" nennen können, aber inzwischen weiß
ich seinen richtigen Namen: Lukas Zimmermann). Es war
Liebe auf den ersten Blick. Doch mit der Zeit stellte sich
heraus, dass diese Liebe nicht auf Gegenseitigkeit
beruhte. Ich probierte wirklich alles. Ich himmelte ihn
an. Ich sprach Zuhause nur von ihm. Ich wollte immer

neben ihm sitzen. Ich lud ihn sogar zu mir nach Hause ein. Ich versuchte ihn eifersüchtig zu machen indem ich zum Schein einen anderen Jungen namens Silas anhimmelte, aber was kam von ihm...? Nix!!!!!! Das ist noch untertrieben. Gar nix!!!! Nullinger!!!!!!!!!! Ich erhielt also meinen ersten „Korb".

„Wie kann man einen solchen Engel nicht mögen?"

Ich beruhigte mich mit dem Gedanken, dass er mich nicht verdient hat und ich bin mir sicher, dass andere Väter auch noch hübsche Buben haben.

So Leute, dass war ein kurzer Rückblick in mein...
„Hallooooooooooo!"
„Entschuldige: In *unser* zurückliegendes Jahr. Ich denke es war mein bisher aufregendstes. Doch was nicht tötet härtet ab.
„Nur die Hardn kumma nein Gardn."
(Auch dies nur für eingefleischte Urfranken zu verstehen.)
„Genau; in diesem Sinne ein Gruß an unsere Eltern."

„Freud euch auf die nächsten Jahre. Erziehung von 2 Mädchen ist nichts für „Turnbeutelvergesser".

Geschrieben 2003/2004

Hallo Leute, da bin ich ...
„Halllllooooooooooooo...?"
Da sind *wir* wieder. Obwohl es ja immer noch meine Biographie ist, habe ich mich daran gewöhnt, dass mich meine kleine Schwester wohl einen großen Teil meines Lebens begleiten wird. Wir sind also übereingekommen ein Novum in der Geschichte der Weltliteratur zu schaffen, die:

„Duo-Biographie"

Genau. Und weil dem so ist, bin ich jetzt an der Reihe was zu sagen.
Sagen? Du? Dass ich nicht lache. Außer: „Da, Mama und Papa" bringst du doch nur diesen eintönigen Grunzton heraus. Hört sich so ähnlich an, wie wenn ich auf dem Klo mal wieder einen Neger befreie *(Anm. des Autors: Für Ausdrücke und Wortlaute ist der Schreiber allein verantwortlich. Der Autor übernimmt keine Verantwortung.)*

67

Du bist ein Schwein und außerdem komme ich doch eh nie zu Wort. Du quasselst ja in einer Tour.

... wer ist hier der Hahn im Korb?

Ich - Quasseln in einer Tour? So eine Unverschämtheit. Das stimmt doch gar nicht! Ich äußere nur in kurzen und knappen Sätzen meine Meinung zu Themen, die meiner Ansicht nach im Sinne meines Interesses sind und dadurch versuche ich mich in Gespräche in meiner Umgebung einzubringen. Wodurch eventuell manchmal der Eindruck entsteht, dass ich viel rede, aber das erweckt nur den Eindruck,
weil...
....
....daher ist deine
Behauptung leicht gegenteilig zu verstehen
und...
....
.... Ich würde mich ja nie in unwichtige und mich nicht betreffende Themen einmischen,
weil...

....(10 Min. später)

.... Gähn ....

.... meine soo wichtigen Äußerungen sind der Nährboden für jede noch so unwichtige und langweilige Diskussion, denn..............................
....
....
.........................(20 Min. später)............................
.... Ch Ch Ch Ch (Anm. für Leute die keine Comics lesen: Das soll Schnarchen sein)...................Ch Ch Ch.................................
.............also kurz und knapp gesagt: „Ich quassle nicht"!

Bist du jetzt schon fertig?
Ja!

Guck nicht so, ich bin auch erschrocken

Ich bin ja auch der Meinung, und das beweißt ja, dass die deutsche Sprache zu viele Worte kennt, und man auch mit wenig Worten zum Ziel kommt. Ich brauche nur meinen „Spezialgrunzton".

Nennen wir ihn mal in der Lautsprache:

„Höööööäääää"

Wobei sich die Anzahl der „ö" und „ä" der Dringlichkeit meines Anliegens entsprechend prozentual vermehren und lauter werden. Dies zusammen mit einer kleinen Handbewegung in die grobe Richtung meines Verlangens und ich bekomme was ich will.

Ja, genau. Aber dass du dadurch Mama und Papa zum Wahnsinn treibst, weißt du auch.

Ich raube ihnen nur den Rest an Nerven, den du übrig lässt.

Wenn einer lacht, gibt`s auf die Mütze !!!!!!!!!!!!

Ich erzähle jetzt mal den allabendlichen Ablauf beim Essen:

Du sitzt in deinem Stuhl. Zickst anfangs wegen jedem Bissen herum um dann doch, nach mehrmaligem intensiven Bitten, die ganze Schüssel in dich hineinzustopfen. Dann

70

kommt der Moment des Grunzens. Du deutest also mit deiner Hand auf die Mitte des doch so kleinen Esstisches und..... Höööööäääää..... Jetzt geht's los. Mama gibt dir die Flasche... Abweisende Handbewegung mit demonstrativem Kopfwegdrehen deinerseits (wir kürzen diese Geste für die nächsten Seiten mal so ab: AhmdKd = Abweisende Handbewegung mit demonstrativem Kopfwegdrehen deinerseits).

Also weiter...

Mama kommt mit dem Löffel (weil dein Essen ja auch in etwa im „Wirkungsbereich" deiner Handbewegung und deines Höööööäääää steht).

Du: AhmdKd und lauter werdendes Hööööööööööäääääääää.

Mama probiert es mit sämtlichen Speisen unseres Essens

. . .

Pommes: AhmdKd + Hööööööööäääääääää

Fleisch:　　　„　　　　　　　　　　„

....usw..

..usw...............

Wenn dann der Tisch (also auch sämtliche Gegenstände und Spielsachen) komplett durchprobiert wurden, nimmst du dir dann doch die Flasche mit einem Blick der sagt: „Wieso denn nicht gleich so!".

Kann also gut verstehen, dass unser Abendessen oft eher an ein Ratespiel, als an ein gemütliches Beisammensein erinnert.

Du brauchst was zu sagen! Wundert mich eigentlich, dass du diese Szenarien überhaupt mitbekommst. Du sitzt eh die wenigste Zeit auf deinem Hummelhintern! Mal rennst

71

du um den Tisch, mal hüpfst du auf dem Trampolin, mal sitzt du auf der Treppe....

Halt, das mach ich ja nicht freiwillig. Das ist eine Strafe. Da hat Mama mal wieder zu viel „Supernanny" angeschaut und es dann gleich in die Tat umgesetzt. Danke RTL!!!!!!!!! Im Namen aller „Treppen-Exil-Kinder."

Ja, aber ganz unschuldig bist du ja auch nicht!

Papperlapapp... Ich habe gehört, dass Bewegung gut für die Verdauung sein soll.

Klar, aber nicht nach jedem Löffel! In Punkto Essen, hab ich dich ja wohl schon überrundet. Das was du an einem Tag isst, verspeise ich zwischenzeitlich zu einer Mahlzeit.

Das war doch wohl nicht immer so. Die Phase des „trockenen Brustentzuges" war doch wohl auch etwas langwierig.

Ist doch klar. Hast du gesehen, welche gesunde Mixtur an allerlei „Leckereien" (für einen Hasen vielleicht) sie mir als „Ersatzdroge" anboten? Da war mir der „leibliche Muttersaft" dann doch lieber. Diese Mischung aus „Brokkoligematsche", „Fleischgepantsche" und anderem „Gemüsedurcheinander" konnte ich mich erst gewöhnen, nachdem die mir den Zugriff auf die Milchbar verweigerten. Doch da habe ich auch eine alte List von dir angewandt um an andere Leckereien heranzukommen. Die List des „Deponierens" für schlechte Zeiten. Ob Kekse, Brotreste oder andere Lebensmittel. Ich denke, ich könnte in fast jedem Zimmer unseres Hauses ohne Zusatznahrung mehrere Tage überleben. Vor allem im

Katastrophenfall im Auto wäre mein Keks und Krümelvorrat unter und neben meinem Sitz ein wahres Schlaraffenland. Da auch Mama aufgegeben hat diesen „Lebensraum" für Sporen und Pilze sauber zu machen, wird mir dieses Depot wohl noch lange erhalten bleiben.

Karotten sind gut für die Zähne !!!!

Aber wir wollten eigentlich eine Biographie schreiben und nicht einen „Essensknigge für Kleinkinder".

Da hast du Recht. Also, wo waren wir noch gleich? Wie immer: Weihnachten.

Das war 2003 ein Spektakel bei uns. Die ganze Issingssippschaft, ich denke so 3 Billiardonen Leute, waren bei uns.

Du musst in Sachen Zählen noch viel lernen.

Egal, es waren sauviele. Wir dachten schon, unser neues Haus müsse jetzt schon angebaut werde, haben sie aber dann doch alle untergekriegt - und satt auch.

Was war sonst noch letztes Jahr?

Genau... wir machten Urlaub. Im Paradies für Kinder und gestresste Eltern... Center Parks.

Das war vielleicht klasse. Weiß du noch der Kletterturm oder sollte ich Kletterburg sagen?

Da fehlten mir die körperlichen Fähigkeiten diese zu besteigen. Ich begnügte mich mit der Hüpfburg (war eher ne Höhle als ne Burg). Sogar Mama hat sich da zum Affen gemacht und ist reingegangen.

Es gab alles was das „Klaraherz" begehrt. Tanzshows mit Orie (das war ein komisch grüner Typ, der immer mit uns gesungen hat) und jeden Tag spannende Unternehmungen. Moselschiffrundfahrt (sag das mal 20x hintereinander) Höööööääää, Höööööäääää, Höööööäöäääää.... 20x. Geht doch!

.... Verzweiflung....................

Ja, und im Affenfreigehege waren wir, und Sommerrodeln.

Und dann der Höhepunkt: Die Besteigung der „Eiger Nordwand".

Hä?

Ja, Mama und Papa sind da an einer total steilen und schwierigen Kletterwand für Erwachsene hochgestiegen. Die war bestimmt 50 m hoch *(Anm. des Autors: 10 m)* .... Spielverderber....

Also 10 m hoch. Für eine Frau, die normalerweise Schwindelanfälle auf einem erhöhten Bordstein bekommt, hat sich Mama tapfer geschlagen. Papa war hinterher auch platt wie`n Marienkäfer. Dann kam ich ....! Anfänglich noch mit Einstiegsschwierigkeiten... meisterte ich die ganze Wand wie geführt von einer unsichtbaren Hand. Reinhilde Messner nennt man mich seit dem *(Anm. des Autors: Sie wurde von dem Helfer wie ein nasser Sack nach oben gezogen)*. .... Ruhe auf den billigen Plätzen.....!

Und wir waren jeden Tag im Schwimmbad. Ich denke ich hab dort meine Liebe zum Wasser entdeckt. Was blieb mir auch anderes übrig. Ich wurde in so eine Art „Meeresaffenkäfig" im Wasser ausgesetzt *(Anm. des*

75

Autors: Es war ein Laufstall im seichten Wasser). Ich habe das mal im Fernsehen gesehen. Da haben sich Leute in so einen Käfig ins Meer gelassen um z.B. Haie aus der Nähe zu sehen. Ich wartete im Schwimmbad ständig auf so ein Raubtier. Doch das einzige wilde Tier was ich zu Gesicht bekam, warst du.

Was soll das denn heißen?

Du bist manchmal schon etwas grob zu mir.

Grob? So zeige ich dir nur wie lieb ich dich habe. Und außerdem stürzt du dich auch immer todesmutig auf mich.

Einigen wir uns darauf, dass wir es beide mögen und wir beide nur zeigen wollen, dass wir uns mögen?

> Ja, wahre Liebe gibt
> es nur unter
> Schwestern!

Das hast du schön gesagt.

Zurück zum Thema, bevor wir noch zu sentimental werden. Der Urlaub war definitiv zu kurz. Wir hätten doch wohl mehr verdient, so brav wie wir waren.

Louisa schaut sich fragend um... Meinst du uns?

Ja freilich... was haben wir beide dann schon groß angestellt in diesem Jahr?

Soll das eine Biographie werden oder ein mehrbändiger Fortsetzungsroman?

So, dann bin ich ja mal gespannt.

Was fällt dir zum Stichwort Knete ein?

Weich, formbar und gestaltungsfähig.

Du vergisst „nasestopfend"!

Ich wollte nur mal testen, (wie jeder weiß bin ich der König der physikalischen Experimente am Menschen) wie viele Knete in ein Nasenloch geht und wie sich das anfühlt. Ich muss aber sagen, dass es keine wiederholungswürdige Lebenserfahrung ist.

Was fällt dir zu „Toilettentür" ein?

Kann man von innen absperren und ist von außen schlecht zu öffnen. Auch hier sind wir unter der Rubrik „Lebenserfahrung". Ich wollte sehen, wer schneller eine Tür aufmachen kann: Meine Erzieherin Christiane oder Papa. Christiane hat gewonnen. Aber nur deswegen, weil

Papa gar nicht aufmachen wollte. Ich glaube er genoss die 10 Minuten in vollen Zügen.

... fällt dir nichts Besseres ein als meine in aller Welt hochgeschätzten, wissenschaftlich hochrelevanten Selbstversuche zu kritisieren?

Doch! Du hast Mama und Papa mal einen riesigen Schrecken eingejagt, als du aus dem Spielzimmer geschrieen hast, dass ich blute.

Das war vielleicht eine Gaudi. So schnell hab ich Papa und vor allem Mama noch nie laufen sehen. Die sind aus der Küche ins Spielzimmer gestürzt (Mama ca. 5 min nach Papa, aber das ist noch eine bemerkenswerte Zeit für sie).

Am Ende hat sich mal wieder gezeigt, dass roter Filzstift, im Gesicht der Schwester verteilt, schwer abzuwaschen ist.

Ja, danke, die haben mich geschrubbt, bis mein Gesicht ganz wund war.

Immer noch keine Beweise für ein psychisch auffälliges Verhalten einer Drei- bis Vierjährigen.

Es sind auch nicht die einmaligen Dinge, die so an dir nerven. Eher diese kurzzeitigen, psychisch auffälligen, hysterischen, angsteinflößenden, unberechenbaren, unvorhersehbaren....

Komm zum Punkt!

...Aussetzer...

Das musst du mir erklären.

Fangen wir mit deinem Klamottenspleen an. Der Morgen vor dem Kindergarten verläuft ruhig und gelassen. Keine größeren Ausschreitungen.

Da wiege ich meine Erzeuger nur in Sicherheit...

Genau. Dann kommt der Zeitpunkt des magischen Satzes von ihnen:

„Klara, zieh dich schon mal an."

Es beginnt mit einem ignorierenden Nichtreagieren. Nach der x-ten Aufforderung kommt die erste Unmutsäußerung, die sich langsam zu einem hysterischen Schreianfall steigert. Die Phase des „Am-Boden-Liegens und Strampelns" endet mit deiner Verbannung ins Spielzimmer oder dem Treppenexil.

Nochmals danke RTL.

Doch angezogen bist du deswegen immer noch nicht. Eventuell lässt du dich dazu herab, dir Kleider auszusuchen, aber grundsätzlich kurze Röcke und Kleidchen im Winter. Wollpullis und Jeans im Hochsommer. Also vorprogrammiert, dass der nächste Anfall deinerseits nicht lange auf sich warten lässt, weil Mama dich so nicht gehen lässt. Um es abzukürzen: der Gang zum Kiga ist oft der „unsanfte Weckruf" für die armen Anwohner, die unglücklicherweise auf diesem Weg wohnen.

Kann ja sein, dass ich manchmal etwas zickig bin, aber das liegt wohl in der Natur der Frauen. Und wie es so schön heißt: Früh übt sich wer ein Meister werden will.

Da fällt mir noch eine abnorme Angewohnheit von dir ein.

Die wäre?

Deine Art auf die Toilette zu gehen.

Es beginnt mit einem Tänzchen, das an einen Balletttänzer erinnert, der eine zu enge Strumpfhose bekommen hat. Du dribbelst von einem auf das andere Bein und bekommst vor lauter „Zusammenkneifen" nur noch stotternde Laute heraus. Dann die Mischung aus Sackhüpfen und 100 m-Sprint, weil du dir auf dem Weg zur Toilette schon die Hose bis zu den Knöcheln heruntergezogen hast. Dann... Knall... (das war die Toilettentür, die gegen die Wand fliegt)... Schepper...(das war der Klodeckel, der sanft gegen die Rückwand fliegt)... und dann der erleichternde Seufzer der Entspannung ...

Das nennt man Köperbeherrschung.

Die hat aber leider schon des Öfteren versagt!

Kann nichts dafür, dass Papa als Toilettenbesetzer
meinen Drang nach Erlösung durch eine verschlossene Tür
verhinderte. Nur gut, dass der Flur gefliest ist.
Und dass eine Badewanne einen Abfluss hat.
Ich weiß worauf du hinauswillst. Aber das ist ein
unbestätigtes Gerücht.
Zwei Aussagen gegen deine.
Hätte gern den Blick von Mama und Papa gesehen, als du
mit herabgelassener Schlafanzughose ins Badezimmer
kamst und dich, auf dem Badewannen-rand sitzend,
erleichtert hast. Noch dazu, als die beiden just in
diesem Moment zusammen in der Wanne saßen. Tolle
Show.
Ich wollte ihnen nur was Gutes tun. Hab gehört, dass
Pipi gut für die Haut sein soll.
Eigenes Morgenpipi und nur der Mittelstrahl.
Na ja, bis zum Morgen hab ich es nicht mehr
ausgehalten.
Bist du jetzt fertig?
Mit den Hauptthemen schon. Es gibt nur noch ein paar
Kleinigkeiten, aber die sind nicht der Rede wert.
Gegen dich bin ich nun wirklich ein Engel.

Denkste! Wenn ich mir manchmal die Augenringe von Papa und Mama anschaue, nachdem sie die halbe Nacht abwechselnd bei dir verbracht haben, weil dich mal wieder etwas gezwickt hat und du um 5.30 Uhr der Meinung warst: Eine gute Zeit zum Aufstehen!

Eine Kleinigkeit gezwickt? Unerträgliche Schmerzen, wenn die Zähne meinen sie müssen das Zahnfleisch durchbrechen oder halbe Erstickungsanfälle, wenn ich mal wieder einen extremen Nebenhöhlen-, Stirn- und Nasenhöhlenkatarr hatte. Oder Fieberanfälle, bei denen man Eier auf meiner Stirn hätte braten können.

Andere nennen das leichten Schnupfen und Zahnungsprobleme. Und Eier braten nicht bei 37,7° C. Du bist schon eine kleine Mimose.

Mimose? Hab ich etwa einen großen Aufstand geschoben, als Tante Rosie mit mir statt „Flieger" eher „Sturzkampfbomber" gespielt hat.

Das war bei meiner Geburtstagsfeier.

Anfangs fand ich es noch zum Schreien, als sie mich an einem Arm und einem Bein packte und durch die Luft schleuderte. Doch eine Welle war dann doch für mein „Fluggestell" zu heftig und ich fand es wieder zum Schreien. Aber diesmal nicht komisch.

Tja, der liebe Doc. Hat das Ellenbogengelenk dann schnell wieder eingekugelt.

Also von wegen Mimose!

Oder als ich mit voller Wucht gegen den Sekretär im Esszimmer gerannt bin. Hab ich da groß gejammert? Wäre ja noch schöner. Erst so blöd sein sich ein Geschirrtuch über die Augen zu legen, um dann ungebremst und wie ein Pinguin, mit nach hinten gestreckten Armen voll gegen den Schrank zu rennen. Was hast du dir denn dabei gedacht?

Du würdest sagen: „Physikalischer Versuch am eigenen Köper". Ich hatte den Zusammenhang zwischen Geschwindigkeit und Fliehkraft falsch berechnet. Ich war mir „blind" sicher, dass ich die Kurve erst einen halben Meter später beginnen musste. Na ja, lernen durch Schmerz.

Das mit den Berechnungen der physikalischen Gesetze hast du auch im Wasser noch nicht so drauf. Oder?

Du meinst: Je tiefer das Becken ist, umso höher ist der Abstand beim Krabbeln von Boden zur Kinnlade. Tja, das vergesse ich manchmal, wenn ich in meinem Element bin. Dabei kommt es zum nächsten Problem:
Ist der Abstand vom Beckenboden zur Wasseroberfläche höher als der Abstand Hand – Kinnlade *(Anm. des Autors für kinderlose: Beim Krabbeln ist der Kopf nach vorne über die am Boden aufgelegten Hände gebeugt)* kann es zum Wassereinbruch im Mundbereich kommen. Hierbei ergab sich für mich nach kurzer Zeit die Erkenntnis, dass im Wasser die mir so ungeliebte Fortbewegungsart - der aufrechte Gang - dem Krabbeln vorzuziehen ist, weil der Abstand Fuß – Kinnlade (ich denke, das kapieren auch kinderlose) potenziell größer ist.

Hier noch eine Skizze, für die, die es immer noch nicht

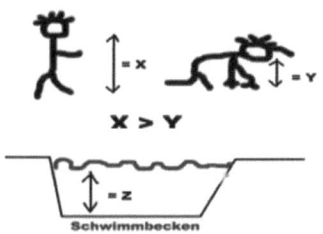

Vorsicht !!!!!!!!!!!!!!!!!!!!!
Nur für Gelehrte !!!!!!!!!

X > Y

Schwimmbecken

wenn Z > Y dann:
Wassereinbruch !!!!!!!

kapiert haben.

Ja, das mit dem Laufen hast du auch ziemlich spät entdeckt, im Gegensatz zu mir hast du erst an deinem ersten Geburtstag damit angefangen.
Notgedrungen. Papa hatte einen solchen Ehrgeiz, dass er ständig mit mir übte, obwohl ich immer noch der Überzeugung bin, dass der Mensch eigentlich für das Krabbeln geschaffen ist, weil die Standfestigkeit auf allen Vieren doch eher gegeben ist. Oder kennst du einen Tisch, der auf 2 Beinen steht. Ich krabbel also lieber.
... und scheuerst zur Freude von Mama alle Hosen durch.

Du Schwesterchen?
Ja, meine Kleine?

Sind wir wirklich so schlimm? Haben Mama und Papa eigentlich noch Nerven?

Natürlich. Solange wir ab und zu auch mal eine „Ich-kann-so-lieb-sein-Phase" dazwischen schieben, werden sie uns nicht verkaufen. Solange sie sich uns zuliebe auch zum Affen machen, kann es noch nicht so schlimm sein.

So wie Papa an Halloween meinst du?

Genau. Er dacht wohl ich hätte sein Versprechen vom letzten Jahr, mit mir von Haus zu Haus zu laufen, vergessen. Denkste! Eine Klara vergisst nie.

Ihr habt schon toll ausgesehen. Papa als Mönch mit Laterne und du als böse Hexe.

Zum „Schreien".

Ich war eine gute Hexe. Das hab ich dieser einen Frau auch gesagt, als sie mir nichts geben wollte, weil sie diese „Angstmacherei" nicht für gut hält. Sie wollte nicht kapieren, dass ich keine Angst machen, sondern nur was Süßes haben will. Sie war stur und für eine Diskussion gar nicht zu begeistern. Es endete damit, dass Papa mal wieder nachgab und mich wegzerrte. Ich hatte mich gerade warm diskutiert.

Auf jeden Fall war die Ausbeute bei den anderen Häusern besser. Einen riesigen Korb voller Süßigkeiten. Was mich wundert war, dass Papa ständig fror und deshalb bei manchen Leuten so ein „Erwachsenen-aufwärm-Getränk" *(Anm. des Autors: ein klitzekleines Schnäpschen)* bekam. Es wurde ihm ja richtig aufgedrängt. Obwohl er auch nicht richtig abgeneigt war. Aber gegen dieses komische Argument der anderen

Leute, dass man auf einem Bein nicht stehen kann, kam er nicht an. Er stand aber nie auf einem Bein. Kapier ich nicht.

Nächste Jahr gehe ich mit. Das hat mir Papa versprochen und eine Louisa vergisst auch nicht. Wir sind uns ja so ähnlich.

Ich würde sagen, wir sind ein Dreamteam. Willst du mich heiraten, wenn ich größer bin?

Louisa, du musst jetzt ganz stark sein. Ich habe diesen Schock auch schon überwunden und es hat sehr Weh getan. Ich habe nämlich auch mal den Willen geäußert, dass ich dich heiraten möchte.

Wirklich, dass ist ja lieb. Ich sage jaaaaaaaaaa!
Es geht aber leider nicht. Als mir das mein herzloser Papa so knallhart ins Gesicht sagte, ist für mich eine Welt zusammengebrochen. Ich heulte wie ein Schlosshund. Also schlag dir das aus dem Kopf.

Lousia schluchzend.... : Dann muss ich mir ja doch einen Kerl suchen. Hilfst du mir dabei?

Klar, dafür ist ja eine große Schwester da.

So, ich denke wir haben jetzt mal wieder genug über uns erzählt. Wir wollen ja die kinderlosen Erwachsenen nicht davon abschrecken sich zu vermehren.

Also nicht verzagen wir kommen wieder keine Frage.

Geschrieben wird das Jahr 2004/2005

„Häbby börthday du yu... häbby börhtday do yu..

„annane... uh... kose...ose"

"Häbby börthday do yu... "

(Anm. des Autors: Das ist die kindliche Variante von Happy Birthday)

Alles Gute zum Geburtstag Mami.

Zum richtigen Zeitpunkt sind wir wieder da. Habt ihr uns schon vermisst?

„Uns... isst?"

„Das letzte Jahr war mal wieder toll.

Ahr... doll.

Wie ihr unschwer erkennen könnt, ist meine Schwester auch noch da und sprachlich gereift. Sie kann sich jetzt auch schon einigermaßen ausdrücken.

„Ausücken"

Leider kann sie auch ziemlich nerven, denn sie ist ein richtiger Papagei.

„Appaei".

Ist ja schon gut. Hat wohl jetzt jeder kapiert, dass du auch gern deinen Senf dazu gibst. Nur musst du mir nicht immer alles nachbabbeln.

Du bist halt nun mal meine große Schwester und ich hab gehört, dass man die als Vorbild nehmen soll. Und das hab ich mir zum Ziel gesetzt.

Da hast du dir aber hohe Ziele gesetzt. Es ist nur manchmal nervig, wenn du einen ständig nachäffst und alles wiederholst was ich sage.

Kannst du dir eigentlich vorstellen wie schwer das ist, einer Quasselstrippe immer alles nachzureden. Ich hab das letzte Wort noch gar nicht nachgesagt, da bist du schon mindestens zwei Sätze weiter. Ich trainiere also auch mein Gedächtnis.

Auch das „Nachäffen" wie du es nennst, ist bei dir eine Kunst für sich, weil ich manche Sachen einfach nicht kapiere die du machst.

Qutasch ...
ich rede gar nicht so
viel!!!! Ich quassel
vieleicht mehr als andere,
aber mehr auch nicht.

Das menschliche Gehirn ist sehr kompliziert und unberechenbar. Bei Kindern ist das noch schlimmer. Sie müssen erst noch lernen ihr Hirn auch richtig einzusetzen und so kommen halt nun mal Handlungen dabei heraus, die nicht „hirngesteuert" sind. Aber was meinst du überhaupt?

Na ja, z.B. wie du am Esstisch zu sitzen pflegst.

Hä...? Wie jeder normale Mensch.

Wenn jeder normale Mensch sich immer nur auf eine Hinterbacke setzen würde könnte man ja die Sitzflächen der Stühle verkleinern. Ich frage mich immer, wie du das schaffst ohne herunterzufallen. Ich probier es nicht mehr, da es schon einige Sturzflüge bei mir gab.

Ja... ja (voller Begeisterung) hat toll ausgeschaut. Gerade noch am Essen... schwups wart sie nicht mehr gesehen... aber gehört.

Verarschen kann ich mich selber. Es ist schon schwer eine solche große Schwester zum Vorbild zu haben.

Wenn wir schon beim Essen sind. Die Lage zum letzten Jahr hat sich etwas verändert. Damals konnten Mama und Papa zwar nicht *in Ruhe* Essen (wir erinnern uns...) aber sie konnten immerhin zusammen am Tisch sitzen.

Mit uns zu essen ist immer ein Erlebnis !

Genau, und jetzt heißt das Spiel:
„Laufen...setzen...Laufen ...setzen." Oder: „Wie schaffe ich es zwei Erwachsene auf Trapp zu halten." Der Sinn des Spiels ist es, zu schaffen, dass nie alle beiden Erzeuger zusammen am Tisch sitzen. Man muss sich immer nur rechtzeitig etwas Neues einfallen lassen, was einer von beiden aus der Küche holen könnte.

Was is? Schweine sind auch nur Menschen!

Meist beginnt es damit, dass ich etwas zu trinken will. Mama läuft...

Du siehst das und wartest, bis sie es auf den Tisch
stellt, dann kommt dein Einsatz:
„Louisa auch..."
Papa läuft...
Kaum sitzt er und nimmt seine Gabel in die Hand (den
richtigen Zeitpunkt zu erwischen ist die hohe Kunst des
Spiels)... da komme ich wieder ins Spiel. Natürlich habe
ich vorher ausgecheckt (für Sprachgenies: überprüft!),
was auf dem Tisch noch fehlt. Es folgt also mein
dringendes Verlangen nach Ketchup, Majo, Parmesan...
Mama läuft!
Das macht irre Spaß. Und wenn gar nichts mehr geht,
und sie es wirklich den Versuch wagen gemeinsam zu
essen... da kommt meine beste Taktik...
Ein kleiner Stoß (natürlich muss es unabsichtlich
aussehen) und mein Wasserglas ergießt sich auf den
Tisch.
Mama und Papa rennen!
And the winner are ...
Klara and Louisa !!!!!!!

Die Spice Girls starten ein Comeback

Was hat sich denn noch so alles getan im letzten Jahr??
Grübel, Grübel...
Wir waren im Urlaub im Bayerischen Wald!!!
Genau, das war klasse.
Das Hotel war wie für uns geschaffen.
Da waren so viele Kinder, dass wir beim Essen überhaupt
nicht aufgefallen sind.
Genau. Wir haben uns bemüht, wie immer, aber das hat
niemanden gejuckt. Wir sind im Speisesaal herumgerannt,
wir haben über alles genörgelt und nach dem Essen hätte
man mit den Resten unter dem Tisch einen mittelgroßen
afrikanischen Staat ernähren können, aber ... nix!
Im Gegenteil. Es gab immer ein Eis (oder 2 oder 3 ...)
als Nachtisch. Wie im Schlaraffenland.
Wir waren auch jeden Tag im Schwimmbad. Meine
Fortschritte in Sachen Schwimmen waren doch enorm.
Hä?????? Du und Schwimmen? Du meinst wohl Tauchen.

Sei doch nicht immer so besserwisserisch. Ob weit oder tief... Hauptsache Wasser. Am meisten hat mir das kleine Schwimmbad mit dem „Blubberwasser" *(Anm. des Autors: „Whirlpool")* gefallen. Da war ich immer mit Mama drinnen. Weiß auch nicht warum Mama da immer mit drin war.

Weil ihr das große Becken zu arsch...stop Klara...ich meine zu bitter kalt war. Du weißt doch Louisa, in Sachen Wassertemperatur ist Mama ein kleines Grainmaichele *(Anm. des Autors für Leute die dem fränkischen Dialekt nicht mächtig sind: Grainmaichele = Heulsuse = Memme = Weichei...).* Wobei du ihr da auch in nichts nachstehst.

Na ja, etwas muss ich ja von Mama geerbt haben. Sonst sagen ja immer alle ich komme nach Papa, wobei das für ein kleines Mädchen nicht gerade ein Lob ist. Aber zurück zum Schwimmen. Du willst aber auch nicht behaupten, dass das was du da im Wasser veranstaltest Schwimmen ist. Das sieht eher so aus, als wenn man einen Frosch mit einem Dackel kreuzt und das Vieh dann ins Wasser wirft.

Die Armbewegungen wie ein Frosch und die Beinbewegungen wie ein Hund. Diesen neuen Schwimmstil nennt man dann wohl „Kraul-Brusten" oder „Brust-Kraulen".

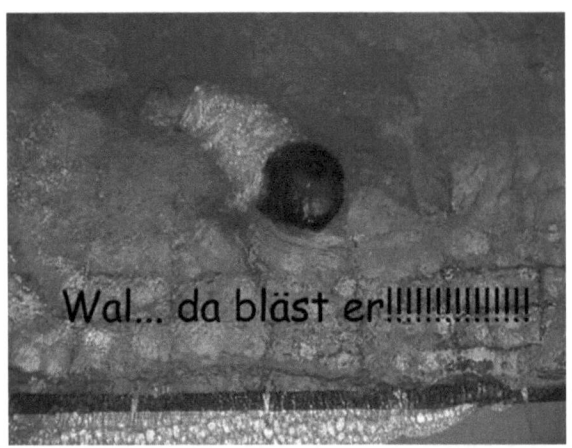

Wal... da bläst er!!!!!!!!!!!!!!!!!!!

Ha, ha, ha, klasse Wort..."Brust-Kraulen". Gefällt mir besser.

Immerhin konnte ich schon das komplette Becken „durch-brust-kraulen". Und zwischenzeitlich ist aus dem „Über-Wasser-Halten" schon der Beginn einer neuen Karriere geworden.

Hä?

Kunstturmspringerin. Ich kann schon aus atemberaubenden Höhen einen „eingestreckten Salto ohne Überschlag, mit Drehung ohne Drehung um die eigene Achse."

Hä? Du springst vom Bock kerzengerade ins Wasser.

Grazie! wie eine Forelle...
oder wie heißt das Säugetier,
das im Wasser lebt?

Eben. Salto ohne Überschlag, mit Drehung ohne Drehung um die eigene Achse.

Du findest für alles auch ein eigenes Wort.

Dann nennst du meine Art sich im Wasser zu bewegen wohl: „Tiefseetauchen ohne zusätzliche Hilfsmittel mit Neigung zum Überraschungseffekt"?

Genau. Du lernst schnell.

Ich lief im Whirlpool auf den Sitzflächen im Kreis um mich dann in einem völlig unvorherseh-baren Moment grinsend und wagemutig in die Tiefen des Beckens zu stürzen.

In der Hoffnung, dass dich Mama oder Papa wieder hoch holen.

Hat immer geklappt. Auch wenn sie den Zeitpunkt der Rettung immer mehr verzögert haben. Aber: „No risk, no fun".(Ich glaube ich habe wieder was von Papa geerbt... seine Sprachbegabtheit. In der Schule war er berühmt und berüchtigt als „Sprachgenie") *(Anm. des Autors: Diese Geschichte bitte nicht überprüfen).*

Ja, komischerweise waren wir aber immer nur im Hotel im Schwimmbad.

Falsch. Wir waren auch mal in einem anderen, öffentlichen Schwimmbad, aber da brauchen wir uns wohl nicht mehr blicken zu lassen, nachdem du ausgerechnet da versucht hast die Stärke deines Schließmuskels auf die Probe zu stellen und den Kampf verloren hast.

Erstens warst du gar nicht dabei (Anm. des Autors: Die Freude dieses Ereignis erleben zu dürfen lag ganz allein auf Papas Seite) zweitens hatte ich Durchfall *(Anm. des Autors: Auch dies steigerte die Freude des Erlebnisses für Papa ins unermessliche)* und drittens hatte ich es schon fast bis auf die Toilette geschafft.

Fast vorbei ist auch daneben. Und ich weiß nicht ob man den Beckenrand schon als Einzugsbereich der Toilette sehen kann.

Ich werde nie den Blick von Papa vergessen, als uns der Bademeister kurz vor der Toilette darauf aufmerksam machte, dass ich wohl etwas verloren hätte. Ein Blick zurück zeigte ihm, dass sich meine „Spur" leicht verfolgen ließ.

Wahrscheinlich visuell *(Anm. des Autors für Sprachgenies: visuell = mit dem Auge = sichtbar)* als auch geruchsmäßig.

Na ja, auf jeden Fall sind wir, nachdem wir alle Spuren beseitigt hatten *(Anm. des Autors: auch diese Freude war ganz allein Papa vorenthalten)*, ziemlich schnell verschwunden.

Häuptling "Quasselnde Strippe" und seine Frau "stinkende Windel"

Windeln sind schon eine saubere Sache. Wobei ich mich ja auch schon sehr anstrenge diese lästigen „Papierbeutel" am Hintern überflüssig werden zu lassen. Ab und an hab ich es ja auch schon geschafft meine

Notdurft in das dafür vorgesehene Behältnis, sprich in die Kloschüssel zu machen. Na ja, ich gebe ja zu, dass es mehr Zufall als gewollt war, aber immerhin.
Auch sonst, habe ich mich doch auch schon klasse entwickelt, oder.
Stimmt. Jetzt kann man dich auch schon ziemlich gut verstehen, wenn man weiß was du sagst. *(Anm. des Autors: Wer jetzt nicht gelacht hat, sollte sich den letzten Satz noch einmal durchlesen; wer dann noch nicht lacht... einfach weiterlesen).*
Außerdem ist deine Sicherheit beim Fortbewegen schon so gereift, dass sich Treppenschutzgitter erübrigt haben. Nur noch der Keller ist abgesichert. Ich denke aber nicht unbedingt aus Sorge um dich als viel mehr aus Sorge um Papas Fotostudio im Keller, das, das gebe ich offen zu, sogar auf mich eine gewisse Anziehungskraft ausübt.

Ohne Worte !!!!!!!!!!

Klar, du bist ja auch schon der volle Computercrack. Na ja, wollen wir mal nicht übertreiben, aber du hast recht. Nach gewissen Anfangsschwierigkeiten bin ich doch schon soweit, komplizierte, hoch anspruchsvolle

Arbeiten im Bereich EDV und Computersprache auszuführen.

Sooooo? Ich dachte immer du spielst Kindercomputerspiele?

Weißt du eigentlich wie schwer und äußerst komplex die dort gestellten Aufgaben sind?

Also, wenn ich ausnahmsweise mal zuschauen darf, sehe ich immer nur irgendwelche lustigen Figuren über den Bildschirm huschen, die die Aufgaben idiotensicher erklären.

Dafür bist du zu jung. Bleib du bei deiner Duploeisenbahn und deinem Kaufladen und überlass mir die Denkarbeit. Immerhin bin ich jetzt schon Vorschulkind, obwohl ich erst 5 geworden bin.

Oh nein, jetzt kommt die Leier wieder. Ja, du bist die Beste; ja du kannst alles; du bist perfekt... ich huldige dir, oh du Klara du...

Big Boss is watching you

Na ja, wo du recht hast, hast du recht. War aber ein langer und beschwerlicher Weg, bis meine Erzeuger endlich kapiert hatten, dass ich für höhere Aufgaben bestimmt bin.

Erzähl!!!!

Na ja, dass ich nicht doof bin haben sie schon relativ
bald gemerkt.

Und dann?

Wurde ein Kompetenzteam aus Erzeuger, Erzieherinnen
und einem Herrn Wau, oder Miau oder Wiehere...
quatsch Brumm hieß der, gebildet.

Und dann?

Wurde ich von diesem Herrn Brumm mal getestet, ob ich
nicht doch noch zu doof für die Schule bin.

Und dann?

Ich überzeugte ihn von meiner Begabung.

Und dann?

Wurde ich Vorschulkind.

Und dann?

War ich Vorschulkind.

Und dann?

Gehe ich nächstes Jahr in die Schule.

Und dann?

Gehe ich in die zweite Klasse.

Und dann?

...

Und dann?

...

Und dann?

...

Und dann?

...

(Anmerkung des Autors: Diese Aufzählung ist nicht erschöpfend, doch aus Platz- und Zeitmangel verkürzen wir die Sache)

Und dann?

Geht die Welt unter.

Und dann?

????????????............ Du nervst.

Und dann ?

Hör jetzt endlich auf, du hast gewonnen.

Und dann?

.... Schweigen... *(Anmerkung des Autors: Dieses Wort kommt im Wortschatz von Klara eigentlich nicht vor, aber Louisa schafft es.)*

Themenwechsel... und wenn du jetzt „und dann" sagst, schneide ich dir die Haare ab.

Wäre ja nicht das erste Mal.

Hey, das verstehst du nicht. Man sollte der Kreativität eines Kindes keine Steine in den Weg legen.

Aber Mama war nicht so erfreut über deine Kreativität.

Ich war nun mal gerade in der „Ich-will-Friseurin-werden-Phase" aber ich gebe zu, dass es nicht besonders geschickt war, deinen eh sehr spät und spärlich sprießenden Kopfschmuck um ein paar Millimeter zu kürzen, aber man trägt sein Haar eh im Moment kurz.

Aber ich hatte doch nur diese eine LOCKE.

Locken waren out.

Dann waren wohl gerade grelle Gels und Irokesenfrisuren bei Meerschweinchen in? Oder warum hast du unsere

neuen Haustiere damals mit rotem Haargel und
Lippenstift zu Punkermeersäuen umgestylt?

Die ersten
Schminkversuche

Na ja, dich konnte ich nicht mehr stylen, weil fast nichts
mehr zum stylen da war und Papa durfte ich nicht mehr.
Ja genau, dass war doch auch ne Brüllergeschichte, als
Papa frisch gestylt durch die Stadt lief, jeder in
angegafft hat und er nicht wusste warum, bis er daheim
in den Spiegel schaute.
Pah... angegafft. Die waren nur neidisch auf die
Topfrisur, mit der ich ihn vorher aufgebrezelt hatte.
Das durftest du ja auch immer, aber normalerweise
stylte er sich hinterher wieder nach, bevor er sich in die
Öffentlichkeit traute. Nur nicht an diesem Tag. Er
vergaß es und ging als eine Mischung aus Irokesen-
Beckham und Stromschlagmeerschwein in die Stadt.
Werde nie seinen Blick vergessen, als er zurück daheim
in den Spiegel schaute.
Aber sein Aussehen war nix gegen das, wie wir
ausgesehen haben, als wir mit Papa am Barfußpfad
waren.

Aa pfuja sag ich dazu nur. Aber hat Spaß gemacht. Es war, als Mama ihren Erholungsurlaub in Hamburg bei ihrer Freundin Marion machte.

Papa mit uns beiden für 3 Tage allein daheim. Das gibt ne Katastrophe dachte ich. Kein Essen, keine frische Wäsche, verdrecktes Haus, verwahrloste Kinder, Jugendamt, Kinderheim...

Du unterschätzt Papa. Er kann den Laden schon ganz gut alleine schmeißen. Wenn uns aber jemand nach unserem Ausflug an den Barfußpfad gesehen hätte, wäre der Eindruck von Verwahrlosung durchaus gerechtfertigt gewesen.

Schweine suhlen gerne!!!!!

Und das Haus war auch ein wenig schmutzig hinterher. Dreckig wie Sau ist wohl der richtige Ausdruck.

Wie kam es eigentlich dazu? Wir wollten doch nur frische Luft schnappen.

Erstens geht man nicht im Herbst bei absolutem Pisswetter auf den Barfußpfad und zweitens nicht mit 2 Kindern wie uns.

Du hast angefangen durch die Schlammpfützen zu rennen.

Aber du standest als Erste bis zum Ansatz deiner Matschhose im Schlamm.
Du hast als Erste damit geworfen.
Nachdem du aber schon fast kopfüber darin lagst.
Ich bin stecken geblieben und nach vorn über gefallen.
Es war eine Höllengaudi.

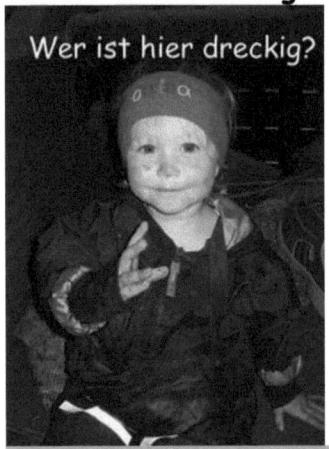

Auch für Papa hinterher, als er unsere Spuren auf unserem Weg in die Badewanne putzen durfte.
Auto, Flur, Treppe, Bad und hinterher die Reste der dunklen Brühe in der Wanne.
Und gestunken hat das. Ich sag nur: Aa pfuja und pfui deufel.
Auf jeden Fall hat Papa die 3 Tage ohne größere Schäden überstanden und Hunger leiden mussten wir auch nicht.
Genau, nicht so wie ich bei meinem ersten Krankenhausaufenthalt.
Ach ja, du bekamst die Polizisten raus, gell?
?????????????

(Anm. des Autors: Es waren die Polypen)

Ich bin ja schon kein großer Esser, aber das war zuviel für mich. Ich durfte schon nicht frühstücken, da ich nüchtern sein musste. Dann die OP und anschließend, das war dann schon Nachmittag, hab ich erst mal ein Glas Wasser auf ex gekippt. Doch an Essen war noch nicht zu denken. Da dachte ich mir, ich mach mal auf mich aufmerksam.

Wie denn?

Ich erhob meine zarte Stimme zu einem friedlichen und sanften Geplärr. Ich erweckte wohl den Eindruck großen Hungers, da sogar Senioren die Schwestern baten mir doch etwas zu essen zu bringen. Und ich bekam etwas: Schokopudding!!!!

Ich hasse Schokopudding... aber egal, der Hunger treibt's nei (Anm. des Autors für „Nicht-Franken": „der Hunger lässt den Geschmack vergessen"), wie meine Uromi in den unpassendsten Momenten zu sagen pflegt. Aber das war noch zu wenig, also erhob ich meine Stimme erneut, aber man glaubt es kaum im Zeitalter der Gesundheitsreform: Es gab im ganzen Krankenhaus nix mehr zu essen. Die Mama telefonierte sich die Finger wund und meine Rettung kam dann kurze Zeit später in Gestalt von Opi und in der Form einer ganzen Thermoskanne mit Suppe. Die spürte den Schlag nicht und wurde komplett geleert.

Und ich habe dann davon profitiert. Als mir nämlich in diesem Jahr die Polizisten (Anm. des Autors: ... siehe *oben...)* war Mama ausgerüstet mit Proviant für mehrere Tage.

Siehst du, eine kleine Schwester ist doch für etwas gut. Ja und wenn es nur zum Auftragen meiner alten Klamotten ist und zum Nachgebrauch meiner ausrangierten Spielsachen und Fahrzeuge.

Und an Letzterem haben wir im Moment keinen Mangel. Ich glaube jede Spedition wäre froh, wenn sie einen solchen Fuhrpark hätte. Ist ja fast wie in der Werbung: Mein Bobbycar, mein Roller, mein Bulldog, meine 4 Fahrräder, mein Bollerwagen, mein Dreirad, mein Elektromotorrad, mein Pferd... *(Anm. des Autors: Diese Auflistung ist nicht erschöpfend)*

Es hat alles seinen Platz und Sinn. Immerhin kann ich ja seit dem Frühjahr schon ohne Stützrädchen Fahrrad fahren.

Da hast du dich gar nicht so doof angestellt, wie ich dachte.

Ja, gell? Papa hat mich aber auch ganz schon getriezt und mit allen erlaubten und unerlaubten Mitteln gearbeitet. Er hielt mich immer hinten am Sattel und lief neben mir her und ich quasselte ihn immer voll, bis ich irgendwann merkte, dass da gar keiner mehr zum Zuhören war. Er war weg und ich fuhr... allein.

Ich pflege mich da lieber auf die faule Art fortbewegen zu lassen. Schiebend auf dem Dreirad, ziehend auf dem Bollerwagen oder tragend auf dem Arm meiner Erzeuger. Oder fahrend auf der neusten Errungenschaft von Opis Ebay-Expeditionen, einem Polizeielektro-motorrad. Nur das mit dem Lenken hast du noch nicht so drauf.

Wieso? Ich hatte noch keinen größeren Unfall.

Das liegt aber nicht an deinen Fahrkünsten, sondern an der Schnelligkeit von Papa und Mama, die dich immer kurz vor dem Aufprall noch auf die rechte Bahn lenken. Du schaust schon verschärft aus, wie du mit deinem Fahrradhelm auf dem Polizeimotorrad sitzt, mit aufgesetzter Bruce Willis Miene schnurstracks gerade ausfährst und grundsätzlich das nächst beste Hindernis ansteuerst. Mama oder Papa im Stechschritt hinterher... kurze Lenkhilfe ihrerseits... und ab in Richtung nächster Mauer. So kann man auch die Eltern jung und sportlich halten.

Du brauchst was zu sagen. Wie war das mit deinen ersten Skifahrversuchen?

Es war die Sternstunde der neuen Rosi Mittermaier. Keine schwarze Piste war sicher vor mir und kein Abhang zu steil.

Weiß nicht warum die Erwachsenen so ein Getue um die Schwierigkeit des Skifahrens machen. Ich fand's leicht.

Aber warum war Papa am Abend so kaputt und ausgelaugt?

Na ja, vielleicht hat er mich auch ab und an etwas gestützt oder gehalten bei meiner Fahrt.

So? Ist das wieder eine deiner Geschichte, die du so gern erfindest und die nicht immer genau der Wahrheit entsprechen?

Na ja, o.k. ich geb`s ja zu. Aber da ist er auch selber Schuld. Nachdem wir also ausgerüstet wie die Profis in die Rhön gefahren waren und unsere Erzeuger sich ja vorher erkundigt hatten, dass dort Skikurse für Kinder angeboten wurden, war die Ernüchterung bei allen groß, dass diese Skikurse nur in den Ferien angeboten wurden. Können Erwachsene eigentlich auch etwas richtig machen? Ich meine es ist doch wohl nicht unwesentlich zu fragen, wann diese Kurse angeboten werden, oder? Na ja, wenn wir also schon mal da sind und die Nervensäge...

Wen meinst du damit? Ich durfte ja nicht mit; ich war bei Omi.

... also und die Louisa nicht dabei war, dachte Papi, er könne es mir auch beibringen. Wie man sich täuschen kann. Er schafft es ja nicht mal Mami zu zeigen wie man ohne Hüftsteife fährt.

Na ja, also klemmte er mich zwischen seine Beine und ab ging's ohne Stöcke den Hügel hinab. Er behauptete später es sei anstrengend, aber das fand ich überhaupt nicht. Es war richtig entspannend. Versteh auch nicht warum er am Abend so kaputt war.

Na ja, auf jeden Fall bekomm ich im Januar einen Skikurs.

Genau und es geht wieder in den Center Park.

Und schon sind wir bei der Vorschau auf das nächst Jahr angelangt.

Das wird wieder aufregend. Ich komme in den Kindergarten.

Ich komme in die Schule.

Wir wollen ans Meer fahren.

Ponyreiten wäre mir lieber, aber das habe ich ja dann zu genüge, wenn ich zu Ostern von Opi mein versprochenes Pony bekomme.

Louisa auch Pony haben will.

Schreeeitttt Sabrina!!!!!

Du darfst dann auch mal reiten.

Und dann?

Dann bin ich wieder dran.

Und dann?

Dann du wieder.

Und dann?

Dann ich wieder.

Und dann?

...

...

...

...

Wir schreiben das Jahr 2005/2006

Hallo Leute, da bin ich...

Ähem...räusper... du wolltest sagen, da sind _wir_ wieder.

Sorry, wie könnte ich meine kleine Schwester vergessen.

Moment, ich bin schon eine Dose.

Was für eine Dose?

Na eine (sehr betont ausgesprochen) _Dose._

Eine Wurstdose?

Ne... eine (noch deutlicher ausgesprochen) _Dose._

Oh, ich vergaß. Du hast ja manchmal eine, wie soll ich es ausdrücken, eigenwillige Ausdrucksweise.

(Übersetzung des Autors: Dose auf Louisisch = Große auf Deutsch.)

Doch darauf kommen wieder später noch zu sprechen.
Erst mal zu mir... sorry zu uns.
Das war mal wieder ein Jahr!
Ich weiß gar nicht wo ich anfangen soll.
Am besten am Anfang
Klugscheißer... Manchmal wünschte ich, du wärst noch
die Kleine, die immer alles zu machen hat, was ich sage.
Doch das ist lang vorbei.
Tja... jetzt kannst du nicht immer nur bestimmen.
Wann hab ich denn mal bestimmt?
Immer wenn wir z.B. spielen. Wie fängt das immer an?
Der Autor hilft etwas nach, da der Autor immer hautnah
dabei ist. Es folgt ein Dialog zu Beginn eines
gemeinsamen Spieles:
Stell dir vor ich wäre jetzt die Mutter.
Aber ich will die Mutter sein.
Du wärst das Baby.
Ich bin kein Baby mehr, ich bin eine Dose.
(Der Autor überspringt den Teil mit der Dose und der
Wurstdose und der Großen)
Dann wärst du das Kleinkind.
Ich bin aber ein Kindergartenkind.
Also wärst du das Kindergartenkind und ich die Mutter.
Ich will aber die Mutter sein.
Dann wär ich der Vater.
(Der Autor: Wichtig und zu beachten ist die ausgereifte
Grammatik. Man ist nie, sondern man wäre immer nur.)
Aber wer ist dann das Kind?
Na du.

Ich wäre aber der Vater.
Ich dachte du wärest doch lieber die Mutter?
Was wäre wenn ich die Mutter wäre und dann wärst du
der Vater und dann wäre ich das Schulkind, das in den
Kindergarten gehen würde.

.

.

.

Dann wäre ich aber das vierte Kind aus 2ter Ehe, mit
der dritten Frau vom ersten Mann... und du wärst der
Hund des Schulkindes, der krank wäre und mit dem Pony
zum Arzt gehen würde, wobei ich dann der Tierarzt wäre
um dem Baby in der Schule der Lehrerin zu sagen, dass
ich heute nicht in die Schule kommen könnte, da...
Oder so ähnlich........???????????
*(Der Autor verkürzt das ganze um ca. 30 min, da diese
Diskussion schon die meiste Zeit des Spiels beansprucht.
Meist ändern sich die Charakteren während des Spiels
ständig.)*
Der Autor übertreibt mal wieder.
Wir können auch ganz toll alleine spielen.
Genau. Wir können z.B. ganz klasse Tänze einstudieren
und vorführen. Ich bin eh der Meinung, dass ich zum
Tanzen geboren bin.
Ich auch.
Ja genau ... berühmt ist dein Affentanz.
Das kann nicht jeder.
Wie soll ich diesen Tanzstil erklären...hm...

Ich sag mal so: Es ist wenig Unterschied zwischen deinem Affentanz und den Bewegungen, die du machst, wenn du mal wieder auf den letzten Drücker dringend aufs Klo musst. Nur dass dir dabei vor lauter „Hinterbackenzusammenklemmen" auch noch die Tränen in die Augen schießen und du diesen verklärten Blick aufsetzt.

Du bist gemein. Da ist wenigstens Bewegung und Rhythmus dabei. Wenn ich dir nachtanze ist das eher wie ein langsamer Trancetanz von „Flowerpower-Hippies".

Den Tanzstil haben
wir von Mama.

Du hast doch keine Ahnung.

Schluss damit, ich dachte wir wollen einen Rückblick vom vergangen Jahr machen. Was war für dich das Schönste?

Center Park, Center Park, Center Park...

Is ja gut.

Das war klasse. Wir waren mit Onkel Hans, Tante Katja, Cousine Selina und Cousin Jonas in Winterberg.

Genau. Den ganzen Tag im Schwimmbad.

Und ich hab einen Skikurs bekommen. Na ja, den hätten wir uns sparen können, da ich ja schon im letzten Jahr in der Rhön zur Pistensau mutiert bin.
Eingeklemmt zwischen Papas Beinen mit kaum Schneekontakt unter den Skiern.
Ich war nicht den ganzen Skikurs dabei, da ich schon nach kurzer Zeit gemerkt habe, dass ich zu Schnellerem geboren bin.
Es ging also mit Mama und Papa ab auf die Piste. Erst mal den Idiotenhügel erkunden und dann die blauen Pisten unsicher machen. Ich ging nach ein paar Stunden ab wie Schmitts Katze. Es heißt, man sollte sich seine Eltern zum Vorbild nehmen. Doch bei manchen Sachen sollte man sich, meiner Meinung nach, an ein Elternteil halten.
Mama war mir schon nach dem halben Tag zu langsam und vorsichtig. „Fahr doch mal Kurven" sagte sie ständig. Wenn jemand gewollt hätte, dass man auf der Piste Kurven fährt, hätte er die Pisten nicht so gerade gebaut. Also, Hände auf die Knie, Oberkörper leicht nach vorn gebeugt und dann auf direktem Weg zum Lifthäuschen. Kurz vor der schon auseinanderstäubenden Warteschlange mal eben den Pflug ausgepackt und steh! Kurzer Blick zurück in die vor Angst erstarrten Gesichter der am Hang kurvenden Erzeuger, Daumen hoch und grinsen vor Stolz. So stelle ich mir Skifahren vor.

Jetzt weiß ich auch warum das Pflug heißt...
... man pflügt die anderen Fahrer aus dem Weg.

Nächstes Jahr mache ich auch einen Skikurs.

Klar... du hast ja schon Angst vor Wasser wenn es nicht gefroren ist.

Quatsch. Ich bin eine richtige Wasserratte.

Ja, im Schwimmbad, bei ruhigem Seegang. Aber am Meer... wie war das im Urlaub am Meer?

Das waren aber auch riesige Wellen.

Ja, bis zum Knie.

Du brauchst dich gar nicht so aufzublasen. Bei dir hat es auch ewig gedauert, bis du dich ins Wasser getraut hast. Doch zurück zum Anfang. Wir waren also nicht nur im Center Park, sondern auch mit dem Wohnwagen in Italien am Meer.

Wenn es nach mir gegangen wäre, hätten wir uns das Meer sparen können. Der Sand und das Schwimmbad hätten auch gereicht.

Immer diese Papparazzi!!!

Man muss aber zur Verteidigung unserer Eltern sagen, dass sie nix unversucht gelassen haben, mich ins Meer zu locken. Es fing an mit langsamem Herantasten zu Fuß. Schritt für Schritt... cm für cm ... und nach endlosen Minuten endete es am äußersten Rand des Wellengangs. Die Zehenspitzen berührten das Wasser... und dann... Flucht nach hinten.

Der zweite Versuch mich auf dem Arm ins Meer zu tragen, endete damit, dass Papa schon fast unter Wasser war ... nur ich bin an ihm nach oben geklettert, ohne dass auch nur mein Zeh nass wurde.

Sogar ein kleines Schlauchboot wurde gekauft. Doch das diente mir nur als Sandtransportmittel am Strand.

Apropos Boot. Unser Tretbootausflug war dann wohl auch nicht der Brüller. Erst haben Mama und Papa ewig Ausschau nach einem Tretboot gehalten. Als sie dann endlich eins ergattert hatten und es für 30 Minuten gemietet hatten, war Panik angesagt.

Kaum traf uns die erste Riesenwelle... *(Anm. des Autors: Es wäre unverschämt überhaupt von einer Miniwelle zu sprechen)*

... schon wurde es hektisch auf dem Boot. Du verfielst in einen Schreianfall.

Du hattest auch nicht gerade Freudentränen in den Augen.

Papa versuchte uns zu beruhigen und das Boot aus den Wellen zu manövrieren. *(Der Autor: Welche Wellen?)*

Mama hatte plötzlich zwei schreiende Kinder auf ihrem Schoß.

Der halbe Strand lief schon zusammen um eventuelle Schiffsbrüchige zu retten.

Und so endete unser lang geplanter Bootsausflug nach ca. 5 Min. und 10 m Strandentfernung.

Also blieben wir doch lieber am Strand, bauten Sandburgen *(Anm. des Autors: Papa baute Strandburgen)* oder suchten Muscheln in sicherem Abstand zur Brandung *(Anm. des Autors: Da war keine Brandung).*

Oder wir haben Ausflüge gemacht; z.B nach Venedig. Der romantischen Stadt.

Eher die Stadt mit den wenigen Toiletten. Die Besichtigungstour war eine einzige Suche nach einer Bedürfnisanstalt. Schilder waren viele da... aber die passende Toilette war kaum zu finden.

Hier muß doch irgendwo ein Klo sein!!!!!!!

Es ging ja schon auf der Fähre los.

Urplötzlich überkam mich ein dringendes Bedürfnis. Ich teilte das unmissverständlich (also in der oben beschriebenen Art) der Öffentlichkeit mit. Papa erbarmte sich und wir durchsuchten gemeinsam die Fähre. Wir fanden auch relativ schnell die Bedürfnisanstalt. Ich freute mich schon auf die dringend notwendige Erleichterung. Die Tür öffnete sich und schlagartig war der Drang vorbei. Aus Rücksicht vor nicht so stabilen Gemütern, werde ich hier diesen Ort nicht näher beschreiben. Auf jeden Fall stemmte ich Arme und Beine gegen den Türrahmen und machte durch lautes Gebrüll unmissverständlich klar, dass mich keine 10 Pferde näher an dieses Loch im Boden heranbringen würden. *(Anm. des Autors: Dieses Loch war durch Überfüllung eigentlich als solches nicht mehr zu erkennen.)*

Aber du hast doch sonst ein harmonisches Verhältnis zu deinen Ausscheidungen.

Erstens sind das *meine* Ausscheitungen und nicht die von Millionen anderen, und zweitens... was meinst du damit?

Ich denke da an den Vorfall mit der schokoladenähnlichen Substanz in deinem Haar.

Weiß nicht wovon du sprichst und wie das passieren konnte.

Ich sag nur noch eins: Papa kann froh sein, dass er beim Herausmachen der Substanz diese schon am Geruch erkannte, bevor er versuchte, sie geschmacklich einzuordnen.

Schluss mit Fäkalsprache.

Zurück nach Venedig. Die Fährfahrt überstand ich mit Müh und Not, doch es ging weiter. Die Sucherei nach einer Toilette war ein Wahnsinn. Erst in einem McDonalds war diese beendet.

Das war auch gut so, denn da bekamen wir dann endlich auch etwas zu Essen. Unsere Eltern sind schon Sparbrenner und kinderfeindlich.

Wieso kinderfeindlich?

Na hör mal. Da hetzen wir durch halb Venedig, bekommen nur mal schnell eine Portion Pommes..

... mit...kebatsch

...hä? Oh ja genau mit Ketchup im McDonalds und diese wird dann auch noch als Wegzehrung mitgenommen, und am Ende hauen sie das ganze Geld für sich allein nur für einen einzigen Cappuccino und ein doofes Konzert in einem Cafe am Markusplatz raus.

Ich glaube nicht, dass das Absicht war. Sie wussten wohl nicht, dass ausgerechnet an diesem Tag die Kosten für die Musiker im Cappuccinopreis inbegriffen waren (der von sich aus schon gigantisch war).

Ja, ja, *uns* immer einreden sein Geld für vernünftige Sachen auszugeben, und selbst dann fast 1000 € *(Anm. des Autors: Es waren fast 30 €)* für 2 Cappuccino und ein paar Straßenmusiker, die man 2 m weiter auch umsonst hätte hören können, rausschleudern!

Erwachsene muss man nicht immer verstehen.

Ha, Ha... klasse Spruch Schwesterchen. In der Hinsicht, bist du eh der Brüller.

Du hast es in deinem Alter schon drauf, pfurztrocken einen Spruch zu bringen, der einem die Spucke wegbleiben lässt.

Und dieses Lob aus dem Mund meines Mentors...."hinwegfliess" vor Stolz.

Ich denk da z.B. an eine Fahrt zu einem Geburtstagsfest bei einem unserer Verwandten. Wir fragten, wer fahre und Papa antwortete, dass er fahre. Da sahst du ihn von unten an, strecktest ihm drohend den Finger unter seine Nase und sagtest: „Aber mit 2 Bier fährst du nicht mehr." Ich könnte mich jetzt noch wegschmeißen vor Lachen, wenn ich an Papas Gesicht denke, der zu dir gebeugt längere Zeit sprachlos verharrte.

Oder als du mit Mama am Tisch saßt und ihr über irgendwas redetet und du in einer etwas längeren Redepause mit einem Blick auf Mama die Stille mit den Worten durchbrachst:" Du schaust wie'n Depp."

Mama fiel fast die Kaffeetasse aus den Händen und die Augen aus dem Gesicht.

Oh ja, das war klasse. Das hat mir so gut gefallen, dass ich das gleiche Gesicht ein paar Tage später nochmals sehen wollte.

Und hast du es geschafft?

Neee, es war noch besser! Diesmal entgleisten ihr alle Gesichtszüge.

Wir hatten eine kleine Auseinandersetzung wegen .... äh??? Es war so wichtig, dass ich es wohl vergessen habe. Also, Mama versuchte mal wieder ihren Dickkopf durchzusetzen und regte sich wegen einer belanglosen Sache so auf, *(Anm. des Autors: Wie man wohl erahnen kann, war es genau umgekehrt!!)* dass ich keine andere Möglichkeit mehr sah, als mich schreiend und bockend im Flur auf den Boden zu werfen. Mama versuchte weiterhin ihre Meinung durchzusetzen, da rutschte es mir heraus.

Was denn, mach's nicht so spannend.

„Du alte Schrumpelhexe"................

Boah... das ist harter Tobak.....Vor allem wenn man weiß, dass Mama sich redlich bemüht, mit allerlei Schminke ihr wahres Alter und die damit verbundenen „Schrumpeln" zu verbergen.

Aber sie ist doch schon fast tausend, oder nicht?

Quatsch... sie ist noch nicht mal hundert.

(Anm. des Autors: Dies Äußerungen geben nicht unbedingt die Meinung des Autors wieder. Mama hat es nicht nötig, ihr wahres Alter irgendwie zu vertuschen und „Schrumpeln" sind auch noch keine da, höchstens ...!!!!!).

Ich würde sagen wir wechseln das Thema, sonst liest es Mama eventuell auch noch, und wir kriegen Ärger.

Genau, wo wir doch dieses Jahr so in voller „Frauenharmonie" im Urlaub waren.

Du meinst wohl unsere Kur nur für Frauen und nicht für Männer?

Genau. Wir waren wieder am Meer in Büsum. Aber da waren doch auch Männer dabei.

Und was für welche. Mir werden jetzt noch die Knie weich, wenn ich an Linus denke. Was für ein Mann... (schwärm....).

Na Zuckerschnecke, wie wärs mit uns beiden Hübschen?

Krieg dich wieder ein. Aber ihr habt schon toll zusammengepasst. Es ging schon früh los mit Quatsch machen im Stockbett, weiter mit Schlammsuhlen im Watt und abends wieder „Stockbettquatsch" mit Louisa und Linus. Ihr ward ja wirklich unzertrennlich.

Ich freu mich schon auf nach Weihnachten, weil er uns da besuchen kommt.

Aber du warst auch nicht gerade den Jungs abgeneigt. Ich denke da an Hannes.

Ja, eine weiterer Strich auf meiner Freundesliste. Blick schon fast nicht mehr durch bei den ganzen Jungs *(Anm. des Autors: Ich auch nicht!!!!!!!)*.
Wir schreiben uns auch jetzt noch regelmäßig lange Briefe.

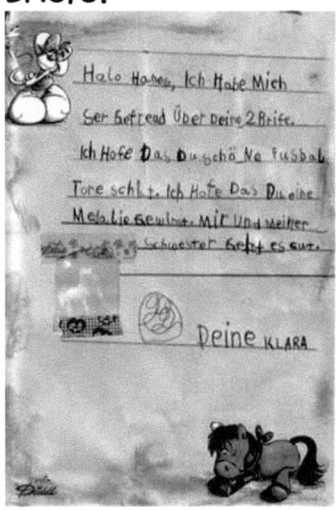

Aber auch sonst war's doch klasse. Jeden Tag am Meer, im Watt oder im Schwimmbad.
Genau. Gaudi mit Linus. Radfahren, Bummeln, Eis essen, im Schlamm suhlen …

Kinder? Nein... Schweine!

... es war einfach perfekt!

Mama hatte auch ihren Spaß in der allabendlichen „nein wir lästern nicht über andere –
Teeraumfrauenlästertratschrunde" mit den anderen Müttern. Also für alle reine Erholung, bei der es an nichts fehlte.

Da war doch was, was fehlte.... Was war das noch wieder?

Ich hatte auch das Gefühl, dass was fehlte... Mir fällt`s nicht ein. (Anm. des Autors: „Haaaallllooo")

Ich überleg hin und her, aber ich komm nicht drauf. (Anm. des Autors: „Räusper", ähem... Hallo)

Na ja, war dann wohl auch nicht so wichtig. Vergessen wir es einfach.
(Anm. des Autors: „PAPA war nicht dabei!!!!!!!!!!!!!!")

Wo waren wir stehen geblieben? Oh ja... bei den Jungs.

Ich muss ja bei allem Neid zugeben, dass du mir in der Hinsicht in nichts nachstehst.

Wieso?

Ich denke da an deine Abschlepporgien bei der allabendlichen Kinderdisco beim Urlaub in Italien.

Das ging ja auf keine Kuhhaut. Kaum hatte sich der erste nach deinem „Antanzversuch" nur für eine Sekunde umgedreht, hing schon der nächste an deinem Arm. Freiwillig oder unfreiwillig... dir egal... Hauptsache jung.

Ich kann mich nicht entscheiden...

...eher den Südländer...

oder doch den skandinavischen Typ?

Du warst ja mehr damit beschäftigt die Outfits der anderen Mädels zu studieren. Phänomenal wie du anschließend die Kleidung, Frisur und Tanzstil jedes weiblichen Wesens auf der Tanzfläche nach Design, Farbe und Rhythmus genauestens darstellen konntest.

Tja ich muss doch wissen was „in" ist.

Aber du könntest Recht haben, dass ich etwas übertrieben habe mit den Jungs. Ich blickte selbst manchmal nicht mehr durch. Mir kam es vor, dass ich den einen gerade rechts von der Bühne in die Flucht geschlagen hatte... ;da tauchte der selbe Junge doch hinter mir schon wieder auf.

Das hat wohl daran gelegen, dass es Zwillinge waren. Auf jeden Fall hast du Schwung in den Laden gebracht. Nach kurzer Zeit bildete sich schon eine Schneise in der Menschenmenge, wenn du wieder auf einen nichts wissenden und nichts ahnenden Jungen zusteuertest, ihn kurz taxiertest und ihn dann schwungvoll auf die Tanzfläche schleiftest. Du schleudertest ihn dann so lange herum, bis er entweder schreiend davonlief oder du schon den nächsten „klargemacht" hattest.

Meinst du Mama und Papa haben sich für uns geschämt?

Quatsch... das sind sie schon gewohnt, dass sie mit uns immer auffallen.

Stimmt... wir waren ja auch dementsprechend gekleidet.

Sie bemühten sich ja redlich uns dem Anlass entsprechend zu kleiden, aber die Zeitspanne zwischen Anziehen und Disco war für uns dann doch zu lange um sauber und ordentlich dort zu erscheinen. Meist war dann doch der eine oder andere kleine Fleck da.

Die paar Essensresteflecken... nicht der Rede wert.

kein

Kommentar

Eh verwunderlich bei deiner minimalen Essensmenge, dass da noch etwas übrig bleibt, das reicht um Flecken zu machen.

Wie ich zu sagen pflege: „Abbe gute Titt".

Hä? (Anm. des Autors: „Das heißt nicht auf deutsch-türkisch: Habe gute ... Ähh... nein... Habe ein schönes Dekollete sondern auf Louisisch: Guten Appetit.)

Ich möchte halt meine schlanke Linie nicht verlieren oder irgendwann mal so fett aussehen wie Anja.

Den Körperbau hab ich von Mama...

...guckst du

Vorsicht!!!!!!!!! Beleidige nicht meine große Liebe. Sie ist nicht fett. Ihre Beine sind nur eventuell etwas zu kurz für ihren Körper, aber Opa sagt, das gehört so.

Willst du den Lesern nicht erzählen wer oder was Anja ist? Nach deiner Beschreibung kann ich mir die planlosen Gesichter der Leser gut vorstellen.

Stimmt. Du hast Recht. Also...

Es war Liebe auf den ersten Blick. Ich sah sie da stehen mit ihren kurzen Stummelbeinen. Der rundliche Bauch, der durch die kurzen Beine mittig etwas nach unten strebt, die immer etwas wirr ins Gesicht fallenden langen, blonden Haare und der herzerweichende Blick durch die Strähnen, die über ihre Stirn ragen, geben ihr ein stattliches Aussehen.

Stattliches Aussehen? Sag mal du redest doch wohl nicht über das gleiche Wesen wie ich, oder? Anja ist so stattlich wie ein Troll im Wachstum.

Vorsicht!!!!!!!

Jetzt sehe ich die, völlig verwirrten und planlos auf das hier Geschriebene, starrenden Leser, die sich immer noch nicht vorstellen können wer oder was Anja ist.

Das ist doch wohl klar:

MEIN PONY!!!!!!

Endlich ist es raus. War ne harte Geburt. Aber ich muss ja zugeben, dass Anja schon richtig süß ist. Sie hat aber auch ihren eigenen Charakter.

Du meinst wohl ihren Dickkopf? Da passt sie doch zu mir. Du hast Recht. Anfänglich war es schon schwer für mich von meinen Phantasien abzurücken.

Die da waren?

Na, frei und ohne Sattel und Longe allein in den Sonnenuntergang zu galoppieren. Der Wind weht mir durchs Haar und ich überspringe auch die höchsten Hindernisse ohne Probleme.

Das sieht im Moment etwas anders aus.

Ja, Opa führt mich im Schritt am kurzen Strick über die Feldwege.

Aber in meiner Phantasie...

Irgendwann wird es wahr.

Genau. Nur fest daran glauben, dann kann auch aus einem Pony ein stattliches Pferd werden.

Manchmal gehen dir aber schon die Gäule durch.

Wie meinst du das jetzt schon wieder?

Na, manchmal drehst du etwas am Rad, bist von der Muffe gepufft, hast einen an der Klatsche, drehst völlig durch...

... ist schon gut, ich hab's kapiert, aber weiß immer noch nicht, was du meinst.

Na, überleg mal selbst. Wie war z.B. die Anfangszeit in der Schule?

Genau, das hatte ich ja ganz vergessen. Ich bin jetzt ein Schulkind. Ich gehe in die erste Klasse. Bin stolzer Besitzer einer blauen Schultasche mit... na ratet mal was drauf ist... genau Pferde. Wie auch auf meinem Mäppchen, meinem Block, meinem Turnbeutel, meiner Trinkflasche, meiner Brotzeitdose, meinem Schirm, meinem Halstuch...

...Hallloooo...

... meinem T-Shirt, meinem Wecker, meiner Bettwäsche,

.
.
.

133

... Stunden später

... meiner Borde, meinem Kuscheltier...

... deinem Kopf.

?????? oh ich glaube ich war etwas abgeschweift. Wo waren wir gerade?

Du solltest über die Anfangszeit in der Schule bzw. den Weg dorthin oder speziell wie du diesen Weg anfangs gestaltet hast, erzählen.

Tja, ich bin nun mal ein Mensch, der immer gern unter Menschen ist. Deshalb war auch am ersten Schultag etwas Platzmangel im Klassenzimmer. Das war vielleicht ein Menschenauflauf. Da waren Mamis, Papis, Omis, Opis, Tanten, Onkel, Paten...War richtig klasse.

Nein... das ist keine Völkerwanderung.

Und da hast du gedacht, dass das immer so sein wird. Was meinst du?

Ich denke da an die ersten paar Tage. Du konntest nur mit aller Überzeugungskraft dazu überredet werden überhaupt das Haus zu verlassen.

Vor allem Papa musste darunter leiden.

Warum leiden? Ich gehe gerne in die Schule.

Ich weiß nicht, ob er das so prickelnd fand, kurz vorher geweckt, im Jogginganzug, bei fast Minusgraten, unfrisiert, ohne Kaffee und barfuss (!!!!!!!!!!!!!!!!!!!!!!!) dich über der Schulter hängend bis fast zur Schule zu tragen. Nennst du das gerne in die Schule gehen?

Ist ja schon gut. Ich lasse mich halt gerne bitten.
Doch wollen wir die ganze Zeit über mich reden? Du hast doch auch schon die nächste Stufe in deiner Evolutionsgeschichte mit Bravour genommen.
Du meinst, dass ich wie eine gesenkte Sau mit meinem Laufrad über die Straßen fege?

Das auch? Äah... über die Straßen fegen? Hast du eigentlich letztens die Schnecke gesehen, die dich rechts überholt hat?

Ne... wo, wann?

Ha, ha ich liebe es, dich zu verar... äh zu vergackeiern. Nein, ich meine natürlich nicht das Laufradfahren.

Dann vielleicht, dass ich mich jetzt besser artikulieren kann?

Wenn du das Dauerquasseln artikulieren nennst, dann ist das zwar eine erhebliche Verbesserung, aber ich meine natürlich den Kindergarten. Du bist jetzt ein Kindergartenkind.

Genau, ich bin jetzt schon eine Dose.

War anfangs auch nicht so leicht ohne meine Erzeuger den Vormittag zu verbringen, aber mich musste noch niemand auf der Schulter in den Kindergarten tragen.

Ja, ja, weiß schon ... Finger in die offene Wunde und so. Aber da muss man dich ja wirklich loben. Man hört nur Gutes von den Erzieherinnen. Du bist ruhig, freundlich, dich hört und sieht man nicht im Kindergarten. Du meldest dich, bevor du anfängst zu reden.

Ja, genau ihr Leser da draußen, ich spreche von „Quasselstrippe" und „Ich lass niemanden ausreden" – Louisa. Diese kleine „Erst rede ich, dann keiner" – Nervensäge kann andere Leute ausreden lassen und kann auch mal für 5 Minuten den Mund halten. Und es wird berichtet, was ich aber für ein Gerücht halte, dass sie sich meldet bevor sie den Mund aufmacht.

Genau, so macht man das.

Wieso machst du es dann nicht daheim?

Ich weiß es: Du würdest schnell einen Muskelkater im Arm bekommen, weil du ihn nicht mehr herunternehmen könntest vor lauter „Dazwischenquatschen".

Ist ja schon gut. Das habe ich alles von dir.

Du Klara...?

Ja Süße!

Wir sind schon ein klasse Team, oder?

Das Beste, Süße, das Beste!
Meinst du wir nerven unsere Erzeuger?
Nerven würde ich es nicht gerade nennen. Sagen wir´s
mal so: Ohne uns wär's ruhiger!!!
Wollen die das?
Kann ich mir nicht vorstellen. Sie mögen doch wohl auch
keine Langeweile. Und außerdem halten wir sie auf
Trapp, damit sie jung bleiben und nicht doch irgendwann
was sind?
Alte Schrumpelhexen!!!!!!!!!!!!!!

Bis zum nächsten Jahr.

Auf ein Neues... auf ins Jahr 2006/2007

Und da sind wir wieder, frisch und munter.

Und wie nicht anders erwartet mit einem neuen Kapitel im aufregenden Leben der beiden Mädels aus dem Hause Issing.

Und was haben wir Neues zu berichten? Ich glaube das war ein langweiliges Jahr.

Moment mal... den Ausdruck „langweilig" hat Papa doch aus seinem Wortschatz gestrichen seitdem es uns gibt.

Ja, aber sei doch mal ehrlich. Was war denn schon los dieses Jahr?

Was ist denn los mit dir? Leidest du neuerdings unter Gedächtnisschwund? Ich weiß gar nicht wo ich anfangen soll.

Moment mal. Wenn hier einer unter mangelndem Erinnerungsvermögen leidet, dann wohl du!

??????

Wenn du noch weniger Erinnerungsvermögen hättest, würdest du manchmal sogar beim Essen vergessen wo dein Mund ist. Jede zweite Frage von dir beginnt doch mit den Worten: „ Wo ist denn schon wieder...". Das fängt an mit Kassetten, CDs, Büchern...

Die Putzfrauen in der Schule begrüßen dich doch schon mit Namen, wenn du mal wieder bei den Hausaufgaben merkst, dass du die Hälfte deiner Sachen unter der Schulbank vergessen hast und du sie nachmittags aus dem Klassenzimmer holen musst.

Zuhause ist es ja noch schlimmer. Da ist der Streufaktor deiner Sachen natürlich potenziell höher, da dein Revier größer ist.

Streufaktor??? Revier??? Kaum hat man dem Zwerg beigebracht seine Notdurft in das dafür vorgesehene Behältnis, und ich betone, dass nicht das Bett dafür vorgesehen ist, zu verrichten, schon werfen sie mit Fremdwörtern um sich wie die Dosen (ha, ha, ha auch das hat sie noch nicht abgelegt).

Hör auf mich zu ärgern. Ich kann auch nix dafür, dass ich noch nicht richtig „D" und „T" sagen kann, sondern immer nur „D" und „T" sage. Aber im Dinderdarten *(Anm. des Autors: Kindergarten)* haben sie gesagt, dass ich zu

140

einer Lodopä...??? äh... Sprachtherapeutin muss, wenn es nicht besser wird.

Und außerdem hab ich schon lange nicht mehr in die Hose gemacht und auf die Toilette gehe ich auch allein. Ätsch.

Da hast du Recht, wenn man eine Schlafanzughose nicht direkt als Hose bezeichnet und ein Bett weitläufig als Toilette, könnte deine Aussage stimmen. Aber auch das Problem versuchen unsere Erzeuger hartnäckig in den Griff zu bekommen.

Wie denn?

Das ist mir schon klar, dass du Trantüte das nicht mitbekommst. So wie du aus der Wäsche schaust, wenn dich Mama oder Papa kurz vor ihrem Schlafengehen noch mal auf die Schüssel setzt und jeder seine eigene Methode entwickelt hat, um dich dazu zu bringen deine „Schleusen" zu öffnen und alles laufen zu lassen.

So was machen die mit mir???? Was sind das für Rabeneltern????? Welche Methoden?

Na ja, Mama versucht es mit dem Nachahmen des Geräusches von plätscherndem Pipi, das frisch „gelassen" an die Innenwand einer Porzellanschüssel träufelt. Ha, an mir ist ein Philosoph verloren gegangen. Auf jeden Fall hört sich das in etwa so an: „Pssssssss".

Und Papa?

Der quatscht dich voll, obwohl du gar nicht wach bist und nix checkst *(Anm. des Autors für Leser, die der jugendlichen Straßensprache nicht mächtig sind: checken = kapieren, verstehen...).*

141

Das hört sich dann so an: „Louisa, Louisa, ..." das
wiederholt er so oft, bis du ein leichtes Zucken in den
Augenlidern von dir gibst und er meint, dass du jetzt
wach wärst: „Wir gehen noch mal Pipi machen...".
Jetzt weiß ich, wovon ich jede Nacht träume.
Das ist kein Traum, das ist pure Realität.
Und dann kommt bestimmt auch die Frage des Tages von
Papa: „Musst du noch mal Pipi machen?"
Wie kann ein Mensch mitten in der Nacht eine so blöde
Frage stellen. Was soll ich denn darauf so spontan im
Halbschlaf sagen: „Is eh egal, du trägst mich doch
trotzdem auf die Schüssel" oder „ja, aber ich verkneif's
mir bis morgen früh" oder „jetzt nicht, aber komm in 2
Std. noch mal"? Bohhhahh. Gibt's eigentlich nicht ein
Kinderschutzgesetzt, das es Eltern verbietet Kinder nach
22.00 Uhr zum urinieren zu zwingen?
Ha, ha... deine Sprüche werden immer besser. Ich
könnte mir keinen besseren Nachfolger meiner Tradition
in unserer Familie vorstellen wie dich.
Welch großes Lob aus dem Munde meines Mentors. Ich
bemühe mich aber auch sehr, diese Tradition in Ehre zu
halten.

 Es ist aber doch zu köstlich die Gesichter unserer Erzieher *(Anm. des Autors: „Dieses Wort bekommt eine ganz ehrenvolle Bedeutung bei solchen Kindern")* zu sehen, wenn du mal wieder einen Spruch in deiner unnachahmlich pfurztrockenen Art vom Stapel lässt. Wie wär's mit ein paar Beispielen einfach nur so, ohne Kommentar?

Ohne Kommentar wird schwer, aber leg los.

Du hattest mal wieder Ärger mit Mama, aus einem Grund, der bestimmt sehr weltbewegend sein musste. *(Anm. des Autors: „Bestimmt passte ihr nicht, dass an einem Strauch, das dritte Blatt von vorne links nicht im exakten 43,4 Grad Winkel zum Lichteinfall der Sonne hing. Also weltbewegend!!!")* Auf jeden Fall war das Gebrüll groß und im Auto war während der kompletten Fahrt Highlife angesagt. Zuhause angekommen, brachtest du dann aus Trotz deinen Spruch. Lasst ihn euch bildlich auf der Zunge zergehen. Stellt euch das vor:

Mama will gerade aussteigen. Völlig genervt vom Anfall im Auto. Louisa zieht die Unterlippe bockig bis über die Nasenspitze und nuschelt:

„Eigentlich wollte ich eh nur mit Klara und Papa leben, ohne Mama....(es wird eine theatralisch sehr notwendige Pause eingelegt).........aber jetzt noch nicht, sonst komm ich ja nicht aus dem Auto.“

.

.

.

Ich könnte mich jetzt noch schütteln bei der Erinnerung an Mamas Gesicht, als sie versuchte immer noch böse zu gucken, aber das Lachen doch stärker war und sie einfach loslachte.

Das macht sie aber auch in unpassenden Situationen.

Die da wären?

Na ja, wenn du mal wieder einen deiner unkontrollierbaren Stuntversuche hinlegst. Wenn du mal wieder den Abstand zwischen den beiden Türrahmen falsch durchkalkulierst und doch nicht durch die Türöffnung rennst, sondern gegen den Rahmen. Oder wenn du das Sprichwort „ein Bein vor das andere setzen“ zu wörtlich nimmst und das eine Bein vor das andere setzt, es aber nicht wegziehst wenn das nächste an der Reihe ist. Oder wenn du versuchst mit Anlauf auf das Sofa zu springen, dabei aber den Absprung zu früh ansetzt und mit dem Kopf nur die Kante erwischst, um dann wieder mit Schwung zurückgeschleudert zu werden.

... Dann, ja dann versucht Mama auch, sich kurzzeitig (Anm. des Autors: „Kurzzeitig bedeutet hier ca. 2 tausendstel Sekunden") zu beherrschen und sorgevoll das Ergebnis des Sturzes abzuwarten, aber meist bekommt sie nicht einmal die Landung mit, weil sie prustend vor Lachen im Nebenzimmer verschwindet. Das nennt man dann elterliche Fürsorge.

Genau... ich denke Mama hat eh eine leicht sadistische Ader, oder wie würde man es nennen, wenn Eltern ihren Kindern, gegen deren Willen Senf zu essen geben?

Ich weiß worauf du hinaus willst. Das war auch schon am Rande des Legalen.

Wir machten mal wieder unser berühmtes Spiel beim Essen: „Ich mach die Augen zu, den Mund auf und du steckst mir etwas in den Mund, das ich dann erraten soll." Eigentlich eine Erfindung unserer Eltern, damit wir wenigstens ein bisschen was zu uns nehmen beim Essen. Macht auch immer richtig viel Spaß, wenn man Schokolade, Gummibärchen... bekommt.

Daran dachte ich auch, als ich die Augen zu machte und erwartungsvoll meinen Mund öffnete. Doch der Geschmack von einer riesigen Portion extrascharfem Senf war dann nicht das erwartete geschmackliche Vergnügen. (Anm. des weiblichen Autors: „Es war eine winzige Messerspitze voll normalem Senf". Der männliche Autor enthält sich, aus Angst vor Konsequenzen, seiner Stimme, wagt es aber kleinlaut anzumerken, dass die Wahrheit irgendwo dazwischen liegt).

In diesem Moment konnte ich deine Reaktion verstehen. Du bekamst einen deiner in letzter Zeit häufiger vorkommenden Weinanfälle.

Was heißt da in diesem Moment? Ich weine nie ohne Grund!!!!!

Klar... einen Grund hast du immer, auch wenn du ihn oft selbst nicht kennst, so weltbewegend *(Siehe Anm. des Autors ein paar Zeilen weiter oben)* ist er. Der Anfall kommt immer so überraschend, dass keiner weiß warum du weinst. So wie damals, als Mama dir beim Frühstücken langsam und genüsslich Milch über dein Müsli schüttete. Du hast die Szenerie neugierig beobachtet, hast mehrere Sekunden verstreichen lassen und als Mama schon fertig war, bist Du in deiner unnachahmlichen Art am Tisch in dir zusammengebrochen und hast herzergreifend geheult. Wir brauchten mehrer Versuche um herauszufinden, dass du keine Milch auf deinem Müsli wolltest. Haaaallloooo... sag das doch gleich, bevor Mama dir die Schüssel voll gemacht hat.

Na und? War halt mal wieder an der Zeit.

Dein Heulanfall beginnt immer gleich:
Zuerst wird dein Blick traurig, ja fast schon melancholisch; dann stülpt sich deine Unterlippe cm für cm langsam nach oben, bis fast unter deine Nasenspitze; die ersten Krokodilstränen wagen sich an die frische Luft; dann ist es orts- und situationsabhängig.
- Wenn du an einem Tisch sitzt, legst du deine Ellenbogen kurz vor dich auf die Tischplatte um den

146

Sturz deines Kopfes, der ohne Vorwarnung plötzlich nach unten fällt, weich vor der Tischplatte abzufangen.

- Wenn du stehst und du die Umgebung kennst, rennst du wie vom Affen gebissen in Richtung eines weichen Möbelstücks, um kurz davor mit einem Hechtsprung in die weichen Polster zu fallen. Ist da nichts zum „Reinfallen" schmeißt du dich einfach auf den Boden.

In beiden Fällen endet es mit wildem Geheule.

Das Leben als Kind ist halt nun mal schwer. Du brauchst dich aber auch nicht zu verstecken. Deine Anfälle sind auch nicht ohne. Sie sind nur nicht so überraschend. Die sind eher wie ein Tsunami. Es sind erst kleine Wellen, die sich dann aber zu einer riesigen Springflut entwickeln. Erst bockst du nur, wegen einer weltbewegenden Sache *(Anm. des Autors: „Siehe Begriffserklärung wie oben")*. Dann wird es lauter und lauter und es endet meist mit einem „schreienden Tür zuhämmern", „erdbebenmäßig-die-Treppe-hoch-rennen" und endet mit einer Hausbeschallung aus deinem CD-Spieler mit „rhythmischem-an-die Dachschräge-trampeln".

Wäre doch auch langweilig, wenn wir beide das Gleiche tun würden, oder?

Genau. Wir müssen unsere Erzeuger in Bewegung halten, sonst werden sie noch träge und das wollen wir doch nicht.

Da hast du Recht. Denn wenn sie nicht fit bleiben, dann können wir keinen Fitness und Campingurlaub mehr machen wie in diesem Jahr.

Das war mal wieder klasse. Nur das Wetter hat uns einen kleinen Strich durch die Rechnung gemacht.

Der Urlaub war aber doch schon von Anfang an zum Scheitern verurteilt und stand unter einem schlechten Stern.

Du sprichst mal wieder in Rätseln.

Mir klar, dass du deine Schandtaten immer verdrängst. Ich sag nur „Bügelperle".

UiUiUiUi...

Na? Dämmerst langsam?

Man stelle sich den Tag vor einem lange geplanten Urlaub mit dem Auto auf einem Eurocampingplatz in San Felice del Benaco am Gardasee vor. Das Haus ist undurchdringbar mit Koffern, Taschen, Kisten, Bettzeug... vollgestopft. Es ist Sonntag früh. Papa musste zu aller Not auch noch in ca. 30 min seinen Bruder Hermann mit Familie zum Flughafen fahren. Kurz gesagt: Stress pur. Zur Entspannung durftest du ein Bügelperlenbild machen *(Anm. des Autors für kinderlose Leser: „Bügelperlen sind kleine Plastikstecker, etwas größer als Stecknadelköpfe, die zu einem bunten Bild zusammengesteckt werden können. Andere Verwendungen sind vom Hersteller nicht vorgesehen und entspringen nur einer kranken Phantasie")*. Wir saßen also gemütlich da. Ich war so in Gedanken vertieft und stützte mich auf mein Kinn.

Mit einer Perle in der Hand.

Im Unterbewusstsein kam der Forscher in mir hoch: Passt die Perle ins Nasenloch eines 3jährigen Kindes? Ich setzte also an und siehe da... passt!

Da war die Perle ja noch zu sehen und dein wissenschaftlicher Selbstversuch hätte hier mit einem kurzen Schnäuzen enden können. Aber nein...

Papa hat sich undeutlich ausgedrückt!!!!!!!!!

Was ist an einem Schrei: „Schnäuzen!!!!!!" undeutlich?

„Schnäuzen, Hochziehen? Da blickt doch keiner durch.

Auf jeden Fall verbrachten wir mehrere Stunden in der Klinik, Hermann musste sich sehr kurzfristig einen neuen Fahrer suchen und der Urlaub begann viel versprechend.

Und das ging so weiter. Wir also in der Nacht mit dem gesamten Haushalt ins Auto und ab in den Süden. So dachte ich wenigstens. Irgendwann während der Fahrt muss ich wohl kurz eingenickt sein. Als ich aufwachte, dachte ich, ich hätte die Jahreszeit verschlafen. Es schneite... dicke, fette Flocken. Mitten im Mai. Wir fuhren gerade durch die Alpen und ich verstand die Welt nicht mehr. Mir wurde gesagt ich solle meine Badesachen einpacken... an einen Schneeanzug habe ich nicht gedacht. Ich sah mich schon auf dem Gardasee Schlittschuh laufen, oder am Strand Schneemänner bauen.

Unter Klimaerwärmung habe ich immer etwas anderes verstanden. Zum Glück war es nur ein kleiner Kälteeinbruch. Doch wir hätten die Vorzeichen erkennen müssen. Dieser Urlaub war fast schon zum Scheitern verurteilt.

Der Gardasee ist für sein mildes Klima bekannt. Das ich nicht lache. Regen, Regen und zur Krönung regnete es dann auch noch mal.

Unser Glück war, dass wir eine geräumige Unterkunft hatten. 3 Zimmer mit Dusche.

Ein Wohnwagen mit einem 8 qm großen, weitläufigen Wohn-Koch-Essbereich. Ein großzügiges 2 qm Bad und zwei 3 qm große Schlafbuden. Es war richtig viel Platz um sich bei Regenwetter aus dem Weg zu gehen. Gut war auch, dass Onkel Hans und Tante Katja mit Selina und Jonas im Wohnwagen gegenüber untergebracht waren. Da konnte man sich durchs Fenster bei strömendem Regen gegenseitig zuwinken.

Es regnete aber nicht immer. Wir waren auch oft am Strand oder haben Besichtigungstouren gemacht.

Gut war auch, dass wir ein Schlauchboot dabeihatten, das dann natürlich prompt am 2ten Tag ein Loch hatte. Und das führte dazu, dass ich wieder viel für meine Zukunft als Frau lernte.

Hä??????? (Anm. der Red.: Fränkisch für „Wie bitte?")

Ich hab gelernt, dass die Frauen doch die Chefs sind, und die Männer ganz schön unter der Fuchtel stehen. (Anm. des Autors: Unter der Fuchtel stehen = unterdrückt werden, tyrannisiert werden, unterworfen sein).

Das musst du mir erklären: Was hat ein kaputtes Schlauchboot mit geschlechtsspezifischer Unterdrückung zu tun?

Tja, nachdem das Boot nun ein Leck hatte und wir nörgelten, dass wir doch Boot fahren wollten, zogen unsere männlichen Erzeuger los um Flickzeug zu holen. Nach unendlicher Zeit kamen sie mit Flickzeug und der

Information wieder, dass ein neues, größeres und schöneres Schlauchboot doch relativ billig zu haben wäre. Durch diese Information und den nicht abgeneigten Äußerungen der weibliche „Königinnen" also unseren Müttern, war klar, dass ein neues Boot, trotz erworbenem Flickzeug, gekauft wird. Doch damit nicht genug. Es wurde dann noch bis ins Detail ausdiskutiert wie groß, welche Farbe, welche Paddel oder ob überhaupt Paddel...

Am Ende hatten wir ein neues, großes Schlauchboot und ein Altes, denn das wurde natürlich auch noch geflickt. Und dafür wurde 3x hin- und hergefahren. *(Anm. des Autors: „Ein vorzeitiger Kauf ohne Entscheidung des Finanz- und Familienchefs, sprich der Frau, wäre undenkbar und nicht ohne Konsequenzen möglich gewesen.")*

Ein Boot voller Seebären!!!!!

Und was hast du daraus gelernt?

Frauen sind die Chefs!!!! *(Anm. des Autors: „Oder man sollte sie in diesem Glauben belassen...das ist ein entspannteres Leben.")*

Es war echt ein Kackwetter. Doch rechtzeitig vor unserem vorzeitigen Aufbruch...

... wegen blank liegender Nerven durch zu engem Kontakt der beteiligten Parteien...

... hatte das Wetter Einsicht und hielt sich doch an das zu uns passende Sprichwort: „Wenn Engel reisen wird das Wetter schön."

Dann waren wir die erste Woche wohl Teufelchen.

Was für ein Anblick.... diese Hügel und

Aber anscheinend wurden wir von oben nicht genug nass. Wir mussten ja sogar dem Wetter angepasste Kleidung nachkaufen. Doch trotzdem war Papa der Meinung, dass er und Mama noch genügend trockene Kleidung dabei haben, sonst hätte er wohl die Aktion am Pool nicht gestartet.

Das war cool. Hätte nicht gedacht, dass er das durchzieht. Manchmal bin ich richtig stolz auf ihn. Man könnte ja meinen, diese kranken Ideen hätte ich von ihm geerbt. (Anm. *des Autors: „Was zu beweisen wäre und völlig aus der Lust gegriffen ist"*).

Sollten wir nicht endlich erzählen, was er da angestellt hat, bevor die Leser vor Neugier platzen?

Ich kann das, weil ich denke, dass ich mich am besten in seine Gefühlslage und in seine Gedanken vor der Aktion hineinversetzen kann.

Es beginnt immer damit, dass vor Langeweile die Gedanken abschweifen. Diesmal war es die x-te Abendkinderdiscovorstellung mit den immer gleichen Liedern. Also der erste Faktor war erfüllt: Langeweile!!! Diese dadurch abschweifenden Gedanken werden dann oft von einem kleinen Teufelchen, das wohl jeder im Kopf hat...

... kenn ich nicht, hab ich nicht...

Ruhe... untergraben. Das kleine Teufelchen bringt irgendeine obskure Idee ins Spiel. Diese Idee war hier: „Ich muss was gegen diese Langweile tun, am besten was Lustiges." Dann kreisen die Gedanken (unterstützt vom kleinen Teufelchen) so im Kreis herum. Papa schaute sich um... er sah einen Pool. Dann sah er Mama in voller Montur neben sich sitzen und schon meldete sich das kleine Teufelchen wieder zu Wort: „Pool + Mama = viel Spaß". Der Spaßfaktor wurde nur unwesentlich von der Tatsache gesteigert, dass Mama ein weißes T-Shirt unter ihrer Jacke trug *(Anm. des Autors: „Ist dem Papa gar nicht aufgefallen" ;))*. Man muss zu Papas Verteidigung hinzufügen, dass das kleine Teufelchen die Möglichkeit besitzt alle Vernunftsfaktoren im Hirn auszuschalten. Man ist also quasi ein hirnloser Roboter. Tja, und so ergab es sich, dass Papa die Mama nach dem letzten Lied einfach auf den Arm nahm *(Anm. des Autors: „Was für einen hirnlosen Roboter eine enorme Leistung ist")* schnurstracks auf den Pool zulief und vor versammelter Eltern- und Kinderschaft fragte, ob er sie hineinwerfen solle. Niemand dachte, dass das ernst war, aber alle vergaßen das kleine Teufelchen und riefen ein einstimmiges „JA". Da sprang er.

Ich war so perplex und erschrocken, dass ich glatt heulen musste.

Mir sind auch die Tränen gekommen... aber eher vor Lachen. Das war ne Aktion nach meinem Geschmack.

Grob gesehen war der Urlaub ja gar nicht mal schlecht.

Du hättest vom Campingbetreiber ja sogar noch Geld bekommen müssen, so oft wie du den Rasen mit deinem neu erworbenen Plastikinderrasenmäher umgemäht hast.

Das Teil hatte einen riesigen Vorteil: Er machte einen enormen Krach und somit wussten wir immer wo du gerade auf dem Campingplatz unterwegs warst.

Wir haben aber auch sehr viel gesehen. Weißt du noch die Fahrt nach Tremosine? Also, an alle Leser: Wer einmal Lust hat, sein am Besten neues Auto, hinsichtlich seiner Maße genau kennen zu lernen, der sollte die Fahrt nach Tremosine antreten! Man stelle sich ein Nadelöhr vor, das ca. 10 km steil bergauf führt. Natürlich in unendlichen Serpentinen und kleinen, unübersichtlichen Tunneln. Auf der einen Seite eine Felswand, auf der anderen Seite ein kleines Mäuerchen, das den dahinterliegenden Abgrund abgrenzt. Und zu allem Übel in einem Urlaubsgebiet vieler Deutscher, die für ihre Fahrkünste ja weltweit berühmt sind. Mama hatte ständig Schweißperlen auf der Stirn. Papa war damit beschäftigt, das entgegenkommende Auto cm für cm an sich vorbei zu lotsen. Es war so eng, dass Papa dem

entgegenkommenden Autofahrer durchs offene Fenster
hätte einen Kuss geben können, ohne sich groß aus dem
Fenster zu lehnen.
Und das alles mit unserem Rudi.
Genau, weil Pumuckel zu klein für eine solche Reise
gewesen wäre.
Und zu alt und zu langsam.
Der Kauf von Rudi hat sich aber auch zu einer Odyssee
entwickelt. Doch wenn ich so in die ratlosen Gesichter
vor mir schaue, sollte ich mal aufklären, dass es uns
beiden zu kompliziert war zu fragen, ob wir mit dem
Renault Megane Scenic XXL oder mit dem Twingo fahren.
Also für alle unwissenden: Rudi ist unser neues Auto.
Pumuckel ist unser Twingo oder besser gesagt Papas
Twingo, weil er immer mit dem Twingo fahren muss. Ob
er mal kurz zum Einkaufen oder auf ne Weltreise gehen
soll, er kann nur Twingo fahren. Nicht weil er das große
Auto, sorry Rudi, nicht fahren kann, sonder weil er
einfach kein Auto fahren kann, das nicht da ist, weil
Mama es immer hat. Natürlich hat Mama eine lange und
gefährliche Strecke nach Bergtheim zu fahren und sie
hat wertvolle Fracht, nämlich uns, zu transportieren.
Aber auch dann, wenn Papa uns mal z.B. nach Würzburg
zum Arzt fahren soll wenn er frei hat, steigt Mama
morgens immer genüsslich in unseren Rudi.
Tja, wie vorhin kurz erwähnt: Frau = Chef oder hast du
schon mal gesehen, dass ein Chef mit einem Twingo
gefahren ist?

Ne, aber zurück zum Autokauf. Ich bin ja der Meinung, dass es ein Fehler war uns mit zum Autokauf mitzunehmen.

Warum?

Ist dir nicht aufgefallen, dass wenn wir bei einem Autohändler vorgefahren sind, durchs Schaufenster noch sehr viele Verkäufer zu sehen waren, wenn wir aber durch die Tür kamen nur noch Staubwolken? Ich glaube Familienautos zu verkaufen ist nicht unbedingt das beliebteste Geschäft.

Und hatten wir dann doch mal einen an der Leine, ernteten wir immer nur ratlose Blicke in Anbetracht unserer Vorstellungen von einem perfekten Auto für unsere Horde.

Wir forderten:

- Viel Stauraum für unsere CDs, Spielsachen, Bücher, Getränke, Essen..

.

.

.

... Haarspängchen, Kuschelkissen, Spiele...

... und natürlich mit Zugriffsmöglichkeit während   der Fahrt.

- Eigene Tischchen in unserem Umkreis.
- Auch hinten elektrische Fensterheber
- Eigene Innenbeleuchtung für den hinteren Bereich

Mama und Papa forderten:

- CD-Spieler mit getrennten Lautstärkereglern für hinten und vorn.
- Beobachtungsspiegel für den Rückbereich
- Elektrische Schallschutzwand zwischen Vorder- und Rücksitzbank.
- Schleudersitze für die Kinderplätze
- Selbstreinigende Rücksitzbänke

Einiges davon hatten die Verkäufer noch nie gehört und wir wurden mit einem mitleidigen Blick entlassen. Letztendlich landeten wir bei einem schleimigen kleinen Kerl, der sogar seiner armen Oma noch einen 5ten Staubsauger verkauft hätte. Doch siehe da, es konnte nicht alles ohne erheblichen Aufpreis erfüllt werden, aber Rudi gefiel uns auf Anhieb.

Anfangs war es eine schlimme Zeit. Es galt „Essens-, Toben- und Dreckmachverbot", aber inzwischen haben sich wieder lebende Essensrestkulturen zwischen den Sitzen ihren natürlichen Lebensraum gebildet, die Vordersitze können den jeweiligen Fußabdrücken der Kinderschuhe zugeordnet werden und der CD-Spieler ist wieder fest in Kinderhand.

Ist nur gut, dass Rudi so geräumig ist, denn für unseren Survivaltrip in die Wildnis des Brombachsees war der Platz sehr von Nöten.

Das Auto war voll bis oben hin; und das für 3 Tage. Und doch ernteten wir sehr mitleidige Blicke der routinierteren Campingnachbarn, als wir unsere Ausrüstung ausbreiteten.

Anfangs war es ein amüsantes Lächeln, als wir unser 3-Mann Igluzelt für 4 Personen aufschlugen. Später wurde über unsere Kühlbox gelächelt, während die Nachbarn das 3te Bier aus ihrem Kühlschrank holten. Gelacht wurde erst, als sie um ihre Biertischgarnitur

Reinhold Meßner würde vor Neid erblassen

saßen und wir unseren mini Campingtisch Marke „selbst entfaltender Campingkoffer" aufschlugen.

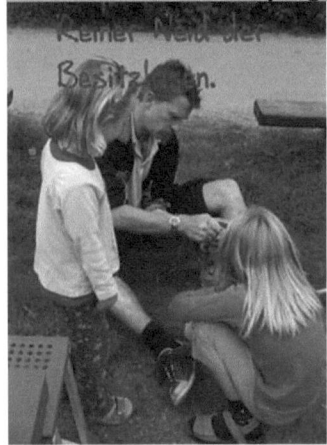

Keiner Neid der Besitz...en.

Es endete mit reinem Mitleid, als wir am Boden um unseren Campingkocher saßen, und unser Dosenravioli langsam aber genüsslich vor sich hin köcheln ließen. Ich denke sie verspürten schon des Öfteren den Drang uns eine Münze zuzuwerfen.

Trotzdem entwickelte sich der Urlaub doch sehr positiv.
Du hast leicht reden. Du musstest ja nicht diese
Meeresumrundung mit dem Fahrrad machen.
Ich war auch dabei.
Aber den einzigen Muskel, den du anstrengen musstest,
war dein Kiefermuskel, wenn du Papa mal wieder ohne
Pause zutexten musstest. Du saßest ja bequem in deinem
Kindersitzchen hinter Papa und mimtest den
Alleinunterhalter. Wie kann ein Mensch von 3 Jahren
ununterbrochen Müll reden, oder singen, oder summen
oder weiß der Kuckuck was noch alles?
Reine Übung und ein gutes Vorbild.
Außerdem wäre ich auch gerne selber gefahren, da ich ja
kurz zuvor gelernt hatte ohne Stützrädchen Fahrrad zu
fahren.
Na klar, mit dir stinkfaulen Nudel wären wir nicht mal
um die erste Kurve gekommen, weil du ohne zu bremsen,
denn das beherrschst du noch überhaupt nicht,
schnurstracks geradeaus in den See gefahren wärst, weil
auch das Kurvenfahren noch nicht zu deinen Stärken
zählt.
Gar net!!!!!!!!!!
Doch...
Gar net!!!!!!! (Louisa beginnt langsam die Unterlippe zur
Nasenspitze zu führen)
Doch...
Gaaaar neeeeettt (Der Unterarm wird auf den Tisch
gelegt)
Doch...

Gaaaaaaaaaar neeeeeeett (Kopf fällt auf den Unterarm)
Doch...
(Anm. des Autors: „Der Rest ist herzerweichendes Heulen")
Sei doch froh, dass du nur rumgesessen bist, weil die Ankündigung unserer Eltern, dass es um den See nur ebene Radwege sind, nur so lange galt, bis wir unbedingt zu dieser Sommerrodelbahn vom Weg abzweigen mussten. *(Anm. des Autors: SIE wollten unbedingt).*
Wir hätten es uns ja denken können, dass eine Sommerrodelbahn nicht in einer ebenen Landschaft gebaut wird.

Ich fand die Gegend klasse. Hohe Berge, tiefe Täler...
Es kommt selten vor, dass ich am Abend ohne Murren einschlafe, aber ich hatte nicht einmal mehr die Kraft zu Murren.
Ich fand das Rikschafahren am Tag zuvor auch besser.

Das war ne Gaudi, als wir versuchten die anderen Radfahrer mit Vollgas zu überholen. *(Anm. des Autors: „Sie saßen vorn im Korb und Mama und Papa strampelten... halt Moment..., ob Mama strampelte ist noch nicht bewiesen")*.

Ich könnte mir gut vorstellen, dass das nicht unser letzter Campingurlaub war.

Das nächste mal aber mit besserer Ausrüstung.

Was hat sich denn sonst noch so alles getan in diesem Jahr? Das hört sich ja so an, als wären wir das ganze Jahr nur im Urlaub gewesen.

Na so reich sind wir ja nun auch nicht, auch wenn es für Außenstehende so den Anschein erwecken könnte.

Warum?

Na ja, neues Auto, eigenes Pony, und seit diesem Jahr auch noch ein Pool im Garten.

Das hatte ich ja ganz vergessen. Ist aber auch kein Wunder bei dem Wetter in diesem Jahr. Der Pool hatte sich voll gelohnt. Er hätte sich wohl vom Regen selbst gefüllt.

Stimmt, aber trotzdem war noch einiges Geboten in diesem Jahr, z.B. mein erstes großes Reitturnier, über das ich aber nicht so gerne rede, weil ich nicht den erwünschten Erfolg verbuchen konnte, aber es war auch nicht fair. Da waren Ponys dabei, die diesen Namen nicht verdient hatten. Die waren ewig groß. Ich kam mir mit Anja vor wie Zwerge im Riesenwald.

Ich nahm ganz nach dem olympischen Motto, „dabei sein ist alles", teil.

Dafür startete ich in diesem Jahr zwei neue Karrieren: Ich werde Musiker und eine berühmte Korbballspielerin!!!!

Wie kann man in einer Sportart, die eh keine Sau kennt, berühmt werden?

Hier im Umkreis von 20 km kennt Korbball jedes Kind. Ich werde halt eine lokale Berühmtheit!

(Anm. des Autors für Leser, die nicht aus dem Bezirk 20 km um Erbshausen sind, eine kurze Erklärung für Korbball: Man stelle sich Männerbasketball vor, tausche die Männer gegen Frauen aus, verlangsame dadurch die Spielgeschwindigkeit um das 10fache, nehme die Bretter hinter dem Korb weg und stelle diesen frei ins Feld.

Nehme das Dribbeln weg, weil diese Körperbewegung zu viel Koordination für Frauen verlangt, verkleinere den Ball um die Fingernägel der Spielerinnen vor dem Abbrechen zu schützen und paare dies mit körperlosem Sich-den-Ball-zureichen. Dann schraube man die Lautstärke des Geschreis und schrillen Rufens der Spielerinnen nach oben und man erhält Korbball).

Das hört sich ja sauspannend und interessant an.

Ungefähr so spannend und interessant wie ne Mudde (Anm. des Autors: Mudde auf Louisisch = Mucke, bzw. für Nicht-Franken: Stubenfliege) am Küchenfenster.

Du bist doch nur neidisch.

Gar net!!!

Doch...

Gar net!!!

.... (Anm. des Autors: „Fortsetzung des Gesprächs: siehe oben...")

Dann werde ich halt eine berühmte Musikerin!!!

Ha, ha, ha... Blockflötenfernsehstar.... ha, ha, ... klasse, oder Blockflötensuperstar... supi...ha, ha, ha... oder vielleicht sogar Megablockflötenstar....ha, ha, ha ... kann kaum an mich halten vor Lachen...

Du bist doof. Ich kann schon fast alle Noten und schon einige Lieder spielen und...

Ha, ha, ha... hör bitte auf, ich mach mir gleich ins Hemd...

...dann lerne ich Geige und werde eine berühmte Violinenvirtuosin...

ha, ha,...uuuupsss, jetzt hast du es davon... jetzt ist
die Hose nass...

Ha,ha,... Lola Langohr Hosenbies... *(Anm. des Autors:*
„Das ist Klaras Kosename für ihre kleine Schwester").
Du bist gemein...ätsch, dafür hatte ich einen echten
Clown bei meiner Clowngeburtstagsparty.

Ha, ha, ha... jetzt hör aber du auch auf. Echter Clown,
ha, ha, ha du glaubst doch wohl nicht auch noch an den
Nikolaus und den Osterhasen?

??????????????????????????????????

Das besprechen wir mal in einer ruhigen Minute. Ich
habe auch sehr lange gebraucht bis ich meine
Weltanschauung in dieser Hinsicht verändert hatte. War
ne harte Zeit... Also gut, damit du nicht aus allen
Wolken fällst: Das war ein echter Clown. *(Anm. des*
Autors: Es war ein fast echter Clown, der aber
komischerweise Louisas Papa sehr ähnlich sah).

War er auch! Und er hat versucht Mama mit einer Nadel
in den Po zu stechen.

Wahrscheinlich hat er Mamas dicken Po mit dem
Luftballon verwechselt, den er vorher damit durchbohrt
hat.

(Anm. des Autors: „Die Äußerungen der Beteiligten
Kinder spiegelt nicht unbedingt die Meinung des Autors
wider".)

Und der ist nicht geplatzt... ich meine den Luftballon.
Der Clown war sogar zweimal da. *(Anm. des Autors: „Der*
zweite Auftritt diente rein dem Zweck Beweisfotos für

die Nachkommenschaft zu schießen, was beim ersten Auftritt vergessen wurde").

Später im Garten hat er dann Kunststücke gezeigt. Er hat Saltos mit doppelter Schraube gemacht. *(Anm. des Autors: „Es war ein Handstand und eine Radwende. Der Clown fühlte sich nicht fit genug für einen Salto").*
Ja, ja, einmal im Jahr muss man sich zum Affen machen. ?????????? Versteh ich nicht!
Derjenige, der es verstehen soll, versteht es schon! Gell Papa?
Wenn ich mir das jetzt noch mal alles durchlese, war das wohl ein ereignisreiches Jahr, in dem wir wieder mal den Alterungsprozess unserer Erzeuger vehement vorangetrieben haben, oder?
Nicht nur den Alterungsprozess, sondern auch die Stärke ihrer nervlichen Drahtseile.

Nehmen wir uns fürs kommende Jahr mal fest vor brav zu sein?
Klar....

<u>Das kleine Teufelchen sagt: „Schau mer mal....!!!!!"</u>

Ende